40대여! 아파하기엔 당신은 너무 젊다

40대여! 아파하기엔 당신은 너무 젊다

세익스피어 7단계 성공노트

김재헌 지음

해피&북스

인생교과서 제 첫 시간

40이 시작이다

검색보다 사색을 즐기라,

그렇지 않아도 빨리 가는 시간을 가장 늦게 보내는 방법은 사색을 즐기는 것이다.

야채를 즐겨 먹으라!

그러면 느긋해진다.

성공보다는 행복을 추구하라. 그러려면 느긋해져야 한다.

그러면 어떻게 해야 인생을 느긋하게 살 수 있을까?

간단하다. 인생을 마라톤이라고 생각하고 반환점부터 더 열심히 달린다고 생각하면 된다.

젊었을 때 너무 열정적으로 사는 사람은 한 가지 공통점이 있다. 그들은 성공의 시점을 40대로 잡고 있다.

40이 황금기라고 보기 시작한 것은 지나간 농경시대의 계산법이다. 즉 60대에 인생의 종말이 온다고 보았을 때 그 때는 그러했다. 하지만 이제는 아니다. 이제는 대부분 80을 살고 좀 더 건강관리에 신경을 쓴다면 90은 산다. 그렇다면 정년퇴직 후에 40년을 더 살아야 할지 모른다.

이 엄청난 시간은 대졸신입사원이 평생을 직장에서 근무하는 세월보다 많은 시간이다. 그러니 40대에 성공했다고 인생의 마지막이 행복하리라는 법은 없다. 인생의 후반기에 성공하는 자가 진짜 성공하는 사람이다. 따라서 인생교과서에 따르면 40이 진짜 인생의 시작이다.

패러다임을 바꾸지 않으면 당신은 불행해진다.

그렇다면 인생의 교과과정을 어떻게 짜야하는가? 이에 대해서는 고민하지 말라. 이미 공인된 전문가가 한 분 있다. 그는 바로 셰익스피어이다.

셰익스피어의 5대 희극 중 하나인 '뜻대로 하세요(As You Like It)'에서 극중 인물인 제이퀴즈는 이렇게 말한다.

"온 세계가 무대이며 모든 남녀는 한낱 배우에 불과하죠. 각자는 퇴장도 하고 등장도 하며 주어진 시간에 여러 가지 역할을 맡게 되는데 연극은 7막입니다."

셰익스피어는 우리에게 가르쳐 준다.

'모든 인생은 아기, 학생, 연인 등을 거쳐 이가 빠지고 배가 나오며 눈이 머는 노년이 찾아온다.'

이것을 '인생 7단계'라고 한다. 세계적인 경영학 저널인 하버드 비즈니스 리뷰(HBR)도 얼마 전 리더십을 특집으로 다루면서 '인생에 있어서 자기리더의 7단계'라는 기사를 실었다. 물론 셰익스피어의 주장을 근거로 해서 말이다.

인생과 7막7장

인생교과 과정 첫 단계는 '아기'이다. 처음 좋은 성공을 위한 출발을 원하는 자는 자신을 충실히 지원해 줄 수 있는 조언자(멘토)를 찾아야 한다.

마치 아기에게 유모가 필요한 것처럼 말이다.

우리는 여기서 중요한 또 하나의 힌트를 얻는다. 그것은 '아! 이제는 실패구나!'라고 느꼈을 때 빨리 다시 어린 아기의 자리로 내려가라는 것이다.

두 번째는 '학생'으로서의 단계이다. 셰익스피어는 '방금 세수를 하고 반짝이는 얼굴로 달팽이처럼 느릿느릿 마지못해 학교로 기어 들어간다'고 묘사했다. 이 시기는 가정이라는 울타리를 벗어나 학교에 적응하는 것처럼 스승이나 멘토에게 배운 것을 다시 적용하기 위해 자존심을 버리고 사람들 속으로 다시 뛰어 들어가야 하는 단계다.

세 번째는 '연인'이다. 셰익스피어의 표현을 빌리면 '용광로처럼 한숨 짓기도 하고 열정적으로 일에 매달리는' 단계다. 산더미 같은 문제를 앞에 놓고 고민하기도 하지만, 새로운 도전이 생기면 청년의 기백으로 다시 부딪혀야 한다. 마치 연애할 때처럼 말이다.

네 번째는 '군인'이다. 군인은 명분을 중요시 여긴다는 장점도 있지만 첫 휴가 나온 해병대처럼 걸핏하면 싸움을 하고 거품 같은 명예를 위해 대포 아가리에도 들어갈 수도 있는 위험한 단계다. 따라서 반짝 성공했다고 자만하면 안 된다.

다섯 번째 단계 '장군' 시기에는 공성보다는 수성에 치중하여야 한다. 따라서 부하들을 키우고 그들을 위해 소통의 길을 터며 천천히 그들을 위해 자리를 만들어 주는 여유가 필요하다.

여섯 번째 '정치가'의 시기이다. 자기 몫을 챙겨 떠날 준비만 하지 말고 자신의 지식과 지혜를 조직에 남기기 위해 노력해야 하는 시기이다. 이때는 필살기가 남긴 노트를 물려줄 진정한 어른의 시기다.

　마지막 일곱 번째 단계는 현자의 단계이다. 벌어 놓은 것이 적더라도 손자들을 위해 사과나무를 심을 줄 아는 여유, 혜안을 가지고 해 보지 못한 버킷 리스트로 세상을 누리는 경지를 보여주어야 한다. 기억하라 정글의 희생자가 되고 싶지 않다면 지금부터라도 사자가 되는 법을 배워야 한다. 하지만 사자도 아기사자로부터 출발해야 한다.

2013년 3월 20일 53살 생일에
위대한 멘토 김재헌 올림

목차

제1장 아기

1. 다시 아기가 됩시다 • 15
2. 잘하는 것에 하나를 더 보태는 것 • 17
3. 멈추면 반환점이요! 다시 시작하면 베이스 캠프다 • 19
4. '칠전팔기' 청춘만 하라는 법 있냐? • 21
5. 최고의 순간은 아직 오지 않았다 • 24
6. 대나무의 준비 • 26
7. 역전의 시간은 온다 • 28
8. 기본을 잃지 말라 • 30
9. 반드시 돌아옴의 법칙 • 32
10. 포기는 가장 나중에 해도 된다 • 34

제2장 학생

11. 몸으로 배우라 • 39
12. 꿈에 사로잡히라 • 43
13. 합리성을 키우라 • 45
14. 창조적인 주인공이 되라 • 47
15. 황금법칙을 깨달으라 • 50
16. 누리지 않으면 눌린다 • 53
17. 집중하라 • 55
18. 내 자신이 브랜드가 되게 하자 • 58
19. 만들 때부터 세계표준을 생각하라 • 60
20. 생각의 탄생원리를 발견하라 • 61

제3장
연인

21. 사랑이 비전이고 열정이다 • 65
22. 도도새로 머물 것인가 독수리의 날개를 가질 것인가? • 67
23. 희생을 배우라 • 69
24. 사고방식을 배우라 • 71
25. 낙관적인 사람이 되라 • 74
26. 편협된 관점을 버리라 • 76
27. 노블리스 오빌리제 • 80
28. 공부할 땐 앞자리에 앉으라 • 82
29. 진돗개처럼 • 84
30. 계획을 세우지 마라 • 85

제4장
군인

31. 평준화에 휩쓸리지 말라 • 89
32. 널린 것이 기회다 • 93
33. 희망은 믿는 자에게 보인다 • 95
34. 절대 포기란 없다 • 96
35. 조 지라드 법칙을 터득하라 • 98
36. 잭팟이 조금 늦게 터지는 수도 있다 • 100
37. 성공했다고 과시하지 말라 • 102
38. 브레이크를 점검하라 • 104
39. 실패가 아니라 시련이다 • 106
40. 룸 싸롱보다 산을 찾으라 • 107

제5장

장군

41. 용기백배해라 • 111

42. 장군은 지혜로 병사들을 이끈다 • 114

43. 중요한 것을 하라 • 116

44. 몰입하라 • 118

45. 개혁과 수성의 시기를 파악하라 • 120

46. 노력이라는 거름이 열매를 낳는다 • 122

47. 체질을 개선하라 • 124

48. 의도적인 인생을 살라 • 126

49. 더 배우라 • 128

50. 아이디어를 사라 • 129

제6장

정치가

51. 때를 기다리는 사자처럼 • 133

52. 정상을 바라보라 • 135

53. 사랑의 힘을 믿으라 • 137

54. 왜, 적극적 사고인가? • 138

55. 분명히 말하라 • 140

56. 3A만 가지면 된다 • 143

57. 삼지창을 가지라 • 145

58. 여유를 두라 • 148

59. 사색의 시간을 늘리라 • 150

60. '세상은 늘, 동시적이지만 비동시적'임을 기억한다 • 151

제7장

현자

61. 절망은 없다 • 155

62. 그댄 아직도 청년인가? • 157

63. 옳은 열정 헛된 열정 • 166

64. 과시형 공부 시키면 아이를 죽인다 • 169

65. 일병에서 장군으로 • 171

66. 끝까지 정신을 놓지 말라 • 172

67. 눈높이를 맞추기 위해 낮추라 • 174

68. 늙을 것인가, 진화할 것인가? • 175

69. 마흔 네 살의 다짐 • 177

제8장

당부의 일곱 가지 노트

70. 아픔을 즐겨라 • 181

71. 꿈에 의해 위대해진다 • 183

72. 그래도 밀물은 온다! • 92

73. 마지막 혀를 잘 놀리라 • 194

74. 충고에 민감하라 • 196

75. 분노할 때 분노하라 • 198

76. 이상한 부고장을 남기라 • 200

77. 지혜를 조직에 남기라 • 201

01 아기

제1장 아기

1. 다시 아기가 됩시다

웅진그룹 윤석금 회장! 샐러리맨 신화의 우상이다. 그가 처음 시작했던 웅진씽크빅! 한때 재계 32의 탄탄했던 그룹이 이제 다 사라지고 다시 웅진씽크빅 하나만 남았다. 그가 얼마 전 한 말이 나를 흥분시켰다.

"작지만 다시 시작하면 된다."

문제는 자존심이다. 왜 이 시간에도 술집에 앉아 지지리 궁상을 떨며 아슬아슬한 다리 난간을 붙잡고 서있는가? 지금 이 시대가 어떤 시대인데 착화탄 사서 승용차에 싣고 간단 말인가.

정신 좀 차리자. 당신들이 예전에 잘 나갔으면 김우중 회장만큼 잘나갔나? 최순영 회장만큼 큰 건물 지어봤나? 정말 왜 그래! 폼 잡지 말고 각(角)잡지 말고 다시 시작합시다. 다시 시작하려면 아기가 되어야 한다.

사느냐 죽느냐는 여기서 결정된다. 다시 아기가 될 것인가? 아니면 장군으로 살았으니 여기서 장렬하게 산화(散華)할 것인가.

다시금 전장을 바라보자. 아직 끝내기는 이르다. 살아온 시간의 궤적을 떠올리며 허탈해 있을 때가 아니다. 첫사랑의 열병에 몸살을 앓던 20대처럼 다시금 미래에 대한 사랑으로 몸살을 앓아야한다.

셰익스피어가 말한 제1단계로 돌아가자. 셰익스피어는 인도와 바꿀 수 없는 유명한 이름을 남긴 극작가였지만 인생의 대부분은 극장의 청소부로 살았다. 그런 인생을 살았기에 충고한다. 지나간 게임을 잊어버리고 다시금 출발선 앞에 서는 것을 두려워 말라고 말이다.

백의종군에서 돌아와 다시금 삼도수군통제사가 된 이순신을 아는가? 정유년 9월15일 계묘. 맑음. 이 날 밤에 꿈을 꾸었는데, 어떤 신인(神人)이 지시하면서 말하기를, 이와 같이 하면 크게 이기고, 이와 같이 하면 지게 된다는 꿈이었다. 그 날 그는 조정에 장궤를 올리고 의연히 바다로 배를 띄운다.

"지금 신에게는 아직도 전선 12척이 남아 있습니다. 죽기를 각오하고 싸운다면 막을 수 있습니다."

당신이 살았던 20년 전의 세상은 없다. 그 시대는 그 시대의 정신이 있었다. 하지만 앞으로 살아야 할 시대는 새 정신이 필요하다. 그것을 배우기 위해 당신을 낮추어라. 아기처럼 겸허하게 배우려고 한다면 당신은 못 배울 것이 없고 못 할 일이 없다. 아기 때 백지상태에서도 당신은 글자를 깨쳤고 구구단을 외웠다. 그런데 지금 새로이 배우는 당신은 거의 천재적인 바탕을 이미 갖고 있다. 조금만 더 배우면 10년 후 세상은 당신 것이 된다.

2. 잘하는 것에 하나를 더 보태는 것

　세상은 나날이 바뀐다. 어제는 첨단이었던 것이 오늘은 한물간 기술이 된다. 그러나 내일은 누구에게나 다 낯선 과정이다. 그러나 두려워하면 안 된다. 글자를 해독할 수 있고 웬만한 것은 계산 할 수 있으며 조금만 집중하면 새로운 것을 창조할 수 있다. 그리고 이미 당신이 가지고 있던 기술을 버릴 필요도 없다. 잘하는 것에 새로운 유행을 하나 더 보태면 된다.

　세상의 많은 것이 나타났다 사라졌다를 반복한다. 관심만 있다면 그런 유행은 얼마든지 간파할 수 있다. 문제는 마음이고 문제는 자신감이다. 이미 늦었다고 생각하는 당신이 문제다. 어린 아기는 실수를 부끄러워하지 않는다. 10년 후를 생각한다면 지금은 어린아이가 되어야 한다.

　나는 직업을 다양하게 가졌었다. 가장 먼저 했던 직업은 신문배달이었다. 초등학교 4학년 때 어김없이 새벽 6시에 일어나 신문을 돌렸다. 중학교 때는 군밤장사를 했다. 고등학교 시절에는 구두를 닦았다. 그리고 야간공고를 다녔다. 공고 졸업 후에는 빵공장에서 일했다. 중국집 배달부에 횟집 주방보조도 했다. 나이가 들면서 출판사 사장, 컨설팅 강연, 벤처기업대표, 찜질방 식당 사장. 고시원 원장, 교역자 등등, 안 해본 것이 없다. 하지만 나는 아직도 진행형이다. 너무 재밌다. 할 게 너무 많다. 지금도 만나한식뷔페 체인점 사장. 학원경영자, 아버지학교 단골 강사, 위해한 청소년 멘토, 정말 이루 셀 수 없는 일들이 나의 일이다. 나는 항상 새로운 일에 도전할 때는 아기가 된다. 누군가 배울 것이 있다면 완전히 내 것이 될 때까지 배우러 간다. 두 번 세 번 간다. 그리고 필기한다. 암기한다. 그 다음에 천연덕스럽게 내 것처럼 써먹는다. 나는 그렇게 살아오는

데 아주 익숙하다. 내가 잘하는 일에 손가락 하나 더 걸치듯 보태면 된다.

지금 여러분이 실패의 자리에 있다고 생각하면 지금 당신은 늙은이다. 당신은 다시 일어서기 힘들다고 이미 마음을 굳혔다면 당신은 성공하기 힘들다. 아무리 노력해도 남들에겐 기회로 보이는 것이 당신에겐 저주로 보인다.

만약 당신이 지금 아기가 될 수 있다면 지금까지의 실패는 실패가 아니라 실험이다. 하지만 아기가 될 수 없다면 그것은 완전한 실패다.

실험이라고 생각하는 사람은 느긋하다. 그리고 그 동안의 문제점을 보완해 이제부터 다시 준비한다. 그리고 하늘이 준 시간이 있다는 것을 안다. 실험을 한 사람은 지금 우물을 계속해서 파는 것이 가장 잘하는 일임을 알 것이다. 하나만 더 보태면 된다. 세상의 모든 발명은 더하기이기 때문이다. 즉 있는 것에 하나를 더 보태면 그것이 대박으로 가는 새로운 것이 되기 때문이다.

3. 멈추면 반환점이요! 다시 시작하면 베이스 캠프다

태산이 높아도 오르고 또 오르면 된다. 하지만 멈추면 끝이다. 마지막 한 계단을 남겨놓아도 포기하면 그것은 실패다. 그래서 실패와 성공은 종이 한 장 차이이다.

당신이 왜 실패했는가?

미국의 유명한 경영 전문잡지에서 조사한 내용에 따르면 실패자의 공통점은 두 가지로 압축된다.

첫째는 너무 앞서 갔기 때문이다, 둘째는 너무 뒤늦게 출발했기 때문이다. 이 말이 사실이라면 당신의 상품(?)은 너무 앞선 것이든지 아니면 시대에 너무 뒤 떨어진 것임에 틀림없다.

나는 앞서다가 실패한 일이 가끔 있었다. 남들이 보지 못하는 것을 보는 지혜가 있기 때문이다. 하지만 그것을 유지하고 버티어 작품을 만드는

데는 조금 약했다. 하지만 여기서 멈추면 안 된다. 오늘 조금 힘들더라도 나만의 준비를 지금부터 해야 한다.

얼마 전 유지인씨가 CF에 나오길래 반가웠다. 오! 노! 그런데 유지인씨가 광고하는 것이 뭐냐면 요실금 팬티다. 우리시대의 영원한 소녀시대 진정한 미의 기준이었던 유지인씨가 요실금이라니? 그러나 어쩌랴! 배우는 죽어도 영화에서 TV에서 죽어야 한다. 군인이 늙어 죽는 것을 수치스러워 해야 하듯 영원한 현역은 현장에서 살아야 한다. 멈추면 지는 것이다.

지금까지 이루어 놓은 것도 지금 멈추면 물거품이다. 반대로 다시 일어설 수 있다면 그 곳은 베이스캠프가 되는 것이다. 지금까지 연구하고 이루어 놓은 것을 뒤로하고 멈추어 버리면 쓰레기통에 들어가겠지만 다시 한 번 시작하면 그것은 토대가 되고 발판이 된다. 발판으로 삼을 것인가 아니면 깔판으로 쓸 것인가. 이 모든 게 마음에 달렸다. 아기가 되는 심정으로 겸손하게 한 번 더 '준비'라는 의례적인 절차만 감수하면 당신은 성공을 선물로 받을 수 있다.

잘 나가던 일류 인재나 일류 기업이 한 번 패배해서 이류 인생, 이류 기업이 되고 나면 다시 일류로 올라서기가 여간 어려운 일이 아니다. 그것은 패배 자체의 타격보다 패배의식이 마음속 깊숙이 스며들었기 때문이다. 한국성장의 기적에 바탕이 되었던 것은 '우리도 할 수 있다.'는 가능성에 대한 믿음이었다. 그런데 패배의식은 이런 가능성을 잠재운다. 패배의식이 공포를 불러 오고 의지와 행동을 위축시킨다. 어느 국가 · 사회 · 기업을 막론하고 진정한 힘은 사람에게서 나오며, 그 힘은 바깥에 있는 것이 아니라 각 사람들의 마음속에 있는 것이다. 그렇기 때문에 삶을 변화시키고 싶은 사람은 사고방식부터 변화시켜야 하는 것이다.

4. '칠전팔기' 청춘만 하라는 법 있나?

청춘은 난이요 학이다. 그리고 청춘은 칠전팔기이다. 일곱 번 넘어져도 여덟 번 일어난다. 일곱 번 실패해도 여덟 번째 또 도전한다. 청춘은 일곱 번 사랑해도 또 하고 싶어지는 나이이다. 그래서 나이는 몸에 있는 것이 아니라 머리에 있다고 하는 것이다.

셰익스피어의 희극 '뜻대로 하세요'에서 화자 제이퀴즈는 이렇게 읊조린다. "평생 동안 사람은 여러 가지 역할을 맡으니 그 맡은 나이에 따라 일곱 개."라고 했다. 인생의 7막을 보여준다. 연금술은 황금과 은, 수은, 구리 등 7가지 금속으로 세상을 파악하고자 했다. 인생과 삶의 연단을 나타내는 숫자는 7이다.

도르레조차 없던 기원전 2560년, 이집트 제4왕조 쿠푸 왕의 대피라미드에는 평균 2.5t짜리 화강암 벽돌 약 230만개가 사용됐다.

지상 90m 높이 테라스에 거대한 물탱크가 있었다는 사방 120m 넓이의 바빌론 공중 정원과 지진으로 무너진 로도스섬의 거상(巨像), 올림피아의 제우스상 등도 고대 세계 7대 불가사의 중의 하나다. 이 역시 숫자 7이 포괄한 인류 문명사의 한 장면이다.

중세에는 7가지 교양과목이 있었고, 스웨덴의 식물학자 린네는 종, 속, 과, 목, 강, 문, 계라는 7단계 생물 분류법을 창안했다.'아라비안나이트'에 수록된 뱃사람 신바드의 모험은 7차례의 항해 이야기로 구성돼 있고, 예수 그리스도께서는 십자가에 못 박혀 돌아가시기 전에 7번 말씀하셨다. 이처럼 7이라는 그물이 낚아 올린 세상에는 고대 이집트가 있고, 서아시아 중세가 있으며, 또 근대 과학도 있다.

그러면 왜 7이냐? 그것은 7전8기를 배우라고 있는 것이다. 이와 같은 인생과 세상에 대한 숫자적 이해는 삶에 대한 권고와 지혜를 주기 위한 것이다. 인류의 영원한 문화유산 성경도 시90:12에서 "우리에게 우리 날 계수함을 가르치사 지혜의 마음을 얻게 하소서"라고 기록하고 있다. 지혜로운 인간은 인생의 짧음을 알고 또 자신의 생애에서 어느 지점에 와 있는지를 알고 있는 사람이다. 그러한 점에서 7번 쓰러져도 8번째 일어나는 사람이 되어야 한다.

아브라함 링컨을 미국 역대 대통령들 중 최고의 대통령으로 손꼽는다. 그런 점에서 그는 성공한 대통령이다. 그러나 그의 성공은 쉽사리 얻은 성공이 아니다. 그의 일생은 실패에 실패의 연속이었다. 링컨을 연구하는 사람들은 그가 공식적인 실패만 27번 되풀이하였다고 한다. 그의 성공은 남다른 실패에 실패가 밑거름이 되어 이루어진 성공이었다.

그는 가난한 구두 수선공의 아들이었다. 가난으로 인해 그는 학교는 9개월밖에 다니지 못하였다. 그가 9살이었을 때에 어머니가 세상을 떠났다. 22살에 사업을 시작하였으나 여지없이 실패하였다. 23살에 주 의회에 출마하였으나 낙선하였다. 24살에 다시 사업을 시작하였으나 실패하여 17년 동안이나 빚을 갚아야 하였다. 27살에 신경쇠약과 정신분열증에 시달렸다. 29살에 겨우 국회의원에 당선되었으나 의회 의장직에 나섰다가 낙선하였다. 31살에 대통령 선거위원에 나섰으나 실패하였다. 34살에 국회의원에 출마하였으나 낙선하였다.

37살에 국회의원에 당선되었으나 39살에 다시 낙선하였다. 46살에 상원의원으로 출마하였으나 낙선하였다. 47살에 부통령으로 출마하였으나 낙선하였다. 49살에 다시 상원의원에 출마하였으나 낙선하였다. 51살에 미국의 16대 대통령에 출마하여 드디어 당선되었다. 그리고 최고의 대통령이 되었다.

우리는 실패가 이어지면 기가 죽는다. 실패가 이어지면 급기야는 포기하고 하루하루를 살아간다. 하지만 링컨은 그렇지 않았다. 실패에 정면으로 맞섰다. 그는 실패할 때마다 꿈을 더 높이 가졌다. 좌절할 때마다 더 높은 목표에 도전하였다. 만약 우리가 링컨 같은 용기를 지닌다면 실패를 디딤돌로 삼아 성공의 언덕으로 나아갈 수 있을 것이다.

나 역시 7번이 아니라 27번도 넘게 실패했다. 하지만 도전하는 것을 멈추지 않았다. 실패는 죽은 자의 유산이고 성공은 산자의 유물이기 때문이다. 나의 존재감은 도전할 때만 살아있다는 확신이 든다. 도전할 수 있는 용기가 없다면 나는 이미 죽은 것과 다를 것이 없기 때문이다.

5. 최고의 순간은 아직 오지 않았다

"나의 커리어에서 내 인생의 최고의 순간은 아직 오지 않았다." 미국의 한 유명 앵커가 수석 앵커의 자리를 내어 놓으면서 한 말이다.

2002년 한·일 월드컵 때 우리의 가슴을 시원하게 해주었던 히딩크 감독의 말 "나는 아직 배고프다."라는 말도 같은 뜻이다.

여러분도 이런 말을 할 수 있어야 한다. 지금 비록 원치 않는 중도하차를 할지라도 "내 인생의 최고의 순간은 아직 오지 않았다."고 말이다. 그리고 덧붙여 "이제 오는 중이다."고 말해야 한다.

만약 오늘 당신이 모든 것을 포기하고 돌아누웠다면 내일부터 당신에게 어떤 최고의 순간이 와도 당신은 받을 수 없다.

지금 이 순간, 또 다시 기도하며 기다릴 마음의 여유가 없다면 행운의 신은 당신 곁을 스쳐 지나갈 뿐 그를 만질 수 없을 것이다. 갈망하고 바라

는 만큼, 어린아이처럼 낮아져야 한다. 산타클로스가 있다고 믿었던 그 순간처럼 당신은 순수해져야 한다. 당신이 믿는 그 만큼 그 믿음의 분량만큼 최고의 순간은 준비되어져 있다.

하지만 악마는 당신에게 속삭일 것이다. 좋은 시간은 다 지나갔고 기회는 다시 오지 않을 것이며 행운은 다른 사람에게 다 가버렸다고. 하지만 하나님은 말씀하신다. 구하는 자에게 기회는 주어질 것이며 찾는 자에게 기회는 보일 것이라고 두드리는 자에게 반드시 기회의 문이 열릴 것이라고…….

당신은 양말을 걸어놓고 산타를 기다리던 그 마음으로 돌아갈 수 있어야 한다. 마구간에 누워 있던 아기예수를 만나러 가던 동방박사들처럼 순수한 열정을 아기들처럼 가져야 한다. 아기 같은 마음에 천국이 있다고 예수님은 가르쳐 주셨다.

6. 대나무의 준비

우리는 대나무에서 귀한 교훈을 얻을 수 있다. 대나무는 종자를 심고 몇 년이 지나도 순이 잘 나오지 않는다. 북미산 검은 대나무는 1년 또 1년 그렇게 해서 몇 년 세월을 공들여도 좀처럼 움이 트지 않는다. 정말 심어 놓은 사람을 애타게 한다. 그러다가 심은 지 5년째가 되는 해에 순이 돋기 시작한다. 그런데 놀라운 것은 그 순이 나온 날로부터 한 달 반이란 짧은 시간에 그 크기가 무려 90피트나 자란다. 경이적인 성장이다. 자라는 것이 눈에 보일 정도로 정말 힘차게 성장하는 것이다.

그렇다면 이 대나무를 키우는 데는 과연 얼마의 노력이 필요했을까? 순이 돋고 나서부터 크기 시작했으니까 한 달 반 만에 이만큼 성장했다고 볼 수도 있을 것이다. 아니다. 그것은 이미 5~6년 전에 심고 기다린 결과이다. 대나무가 성장하는 이치나 사람이 성장하는 이치, 삶이 성장하는 이치가 이와 같다.

믿음으로 소망으로 사랑으로 오늘을 열심히 투자하면, 그러면서 내일은 반드시 성공의 우물을 퍼내어 원하는 사람과 나누어 마실 수 있을 것이다.

히로나카 헤이스케박사는 교토대 수학과를 졸업하고 하버드대 수학박사가 되었다. 그리고 1970년에 Fields Medal 상을 수상했다. 당시 그의 나이는 40세였다. 현재 하버드대 수학과 교수인 그에게 수상 소감을 묻자 "나를 가리켜서 재주가 뛰어나다 라든가 두뇌가 명석하다고 말해주시는 것은 대단히 고맙지만 그것은 사실이 아닙니다. 저 히로나카 헤이스케는 뛰어난 노력가일 뿐입니다."라고 대답했다.

성공하는 사람들은 착한 아기로서 잘 배우며 또 노력하는 사람이다.

이 노트에 당신의 5년 뒤 비전을 적어보자.

Vision의 문서화

"문서화하지 않은 목표는 행동으로 옮겨지지 않는다."

(Leadership Management International의 설립자 Paul Meyer)

5년 뒤 나의 비전	5년간의 준비사항

7. 역전의 시간은 온다

'역전의 스릴'은 야구장에서만 있는 게 아니다. 우리 인생의 현장에도 노력하는 가운데 '역전의 스릴'은 얼마든지 있다.

우리는 셰익스피어의 면모를 보면 실로 놀라운 일들이 많았음을 알 수 있다. 그는 중학교 1학년 중퇴의 학력밖에는 갖고 있지 않았다. 하지만 소년 시절에 읽은 책은 제목만 나열해도 한 권의 책이 될 만한 분량이었다. 집이 가난했던 그는 소년시절 고향을 떠나, 런던 거리에 일자리를 얻기 위해 서성거리고 있었다. 그러다가 지나가는 마차에 치어 쓰러졌는데 마차주인이 바로 극장 주인이었다. 그 인연으로 그는 극장의 잡역부로 들어갔다가 배우가 되었으며 그 동안 읽어둔 많은 책들을 바탕 삼아 희곡을 쓰기에 이르렀다.

물론 세상 사람들 모두가 셰익스피어와 같은 인생관, 또 그 같은 역전의 스릴로만 성공하는 건 아니다. 그러나 한 가지 분명한 사실은 그 같은 자기 수련의 자세, 근면과 성실 없이는 누구도 성공할 수 없다는 것이다.

한 가난한 정원사 청년이 있었다. 틈만 나면 그는 나무화분에 열심히 조각을 했다. 퇴근시간 이후에도 정원에 남아 조각에 몰두했다. 그의 손길이 스쳐간 나무화분들은 멋진 조각품으로 다시 태어났다.

어느 날 주인이 청년에게 물었다. "너는 정원만 가꾸면 된다. 조각을 한다고 임금을 더 주는 것도 아닌데 왜 이런 수고를 하느냐?" 청년은 웃으며 말했다. "저에게는 이 정원을 아름답게 꾸밀 의무가 있습니다. 나무화분에 조각을 하는 것도 저의 업무 중 하나라고 생각합니다."

청년의 투철한 책임감에 탄복한 주인은 청년에게 장학금을 주어 미술학교에 입학하도록 했고, 결국 청년은 세계적인 화가로 성장해서 명성을 얻었다. 이 가난한 정원사의 이름은 미켈란젤로이다.

성실하고 근면하게 자기 일에 몰두하면 반드시 '도약의 기회'가 온다. 당신의 일을 사랑하고 그리고 몰두하라. 작은 물이 모여 내를 이루듯 오늘이 모여 미래가 된다. 몰두는 과거를 잊게 하고 역전의 미래를 보장한다.

8. 기본을 잃지 말라

　　일본의 제일 비싼 땅 하면 두말할 것 없이 일본의 최고 번화가인 동경의 '신주꾸'의 '고오야'라는 거리인데 황금의 땅이다. 이 땅의 소유주는 '상아이'회사의 이찌무라 사장이다. 그가 이 땅을 소유하게 된 내력이 전설처럼 내려오고 있다. 때는 1945년 일본은 전쟁에 지고, 나라가 온통 쑥밭이 되어 모두 공황상태에서 어찌할 줄을 몰라 했다. 그 때에도 이찌무라 사장은 폐허가 된 일본의 수도 동경이 재건될 것으로 믿고 미리부터 요지의 땅을 찾았다. 그는 곧 4번가의 땅이 가장 좋은 요지임을 알고, 땅을 사기 위한 교섭에 나섰다. 그러나 이 땅의 소유주인 미망인 노파는 이찌무라 사장의 끈질긴 설득에도 불구하고 막무가내였다.

　　그러던 어느 날 이찌무라 사장의 회사로 땅 소유주인 노파가 찾아왔다. 눈이 펑펑 쏟아지던 추운 날. 접수를 보던 여직원은 얼른 자리에서 일어나 노파의 옷에 묻은 눈을 털어 주며 "어서 오세요, 할머니! 이 눈길을 어떻게 오셨나요. 넘어지시지는 않았나요?"하면서 따뜻한 미소를 띄우고 접대하였다. 그리고는 노파의 흙투성이 신발을 벗겨주고 자기가 신고 있던 슬리퍼를 신겨주며 사장실이 있는 3층까지 부축해 주었다. 이로 인해 땅 임자인 노파는 감격하고, 접수를 보는 아가씨가 이렇게 훌륭하다면 사장님 역시 훌륭한 분일 것이라고 생각한 것이다. 사장실에 들어선 노파는 그 순간부터 마음을 고쳐먹었다.

　　"좋습니다! 사장님, 내 땅을 조건 없이 양도하겠어요."

　　팔수가 없다는 말을 전하러 왔던 노파가 오히려 조건 없이 땅을 팔겠다고 이야기 하였다. 기본기가 갖추어진 한 종업원이 보여준 배려와 사랑 때문이었다.

아기 때 배워야 할 것은 기본이다. 인생을 결정 짖는 가장 중요한 문제
는 이 때 어떻게 뼈대를 놓느냐에 달려있다. 어린아이로 돌아간다는 이야
기는 기본을 다시 배우려는 각오가 있음을 말한다. 인문학적 기초는 인간
됨을 알고 그것을 실천하는 것이다. 다시금 일어서서 원하는 바를 얻고자
한다면 친절과 배려 사랑과 섬김을 손수 배워 익혀야 할 것이다. 사랑과
친절을 금하는 법을 가진 나라는 지구상 어디에도 없다. 오히려 이러한
행위는 의로우며 경건하며 추앙받는 일로서 세계사의 한 페이지를 장식
하게 될 것이다.

9. 반드시 돌아옴의 법칙

세상에 선물처럼 반가운 것이 또 어디 있겠는가? 그러나 선물을 받을 만한 사람이 받으면 더욱 빛이 나는 법이다. 이런 선물도 있었다.

1968년 1월 미국 네바다주의 사막을 횡단하던 '엘빈 다마'란 사람은 길가에서 차를 태워 달라고 손을 들고 있던 노인 하나를 태우고 라스베가스까지 데려다 준다. 누구 한사람 거들떠보지 않고 지나가버려 몹시 지쳐있던 그 노인은 고맙다고 하면서 자기 신분을 밝혔는데, 놀랍게도 자기가 '하워드 휴즈'라는 것이었다. "하워드 휴즈요?" '엘빈 다마'씨는 기가 막혔다. 이 허름한 노인이 세계 제1의 갑부 '하워드 휴즈'라니! "에이 여보슈! 곧이들을 만한 거짓말을 해야지" '엘빈'씨는 이 노인이 정신이 반쯤 돌아버린 부랑자라고 생각했다. 그리곤 한편 생각하니 안됐다 싶어 헤어지기 전 25센트짜리 동전까지 한 닢 주었다. "고맙소, 언젠가는 내 이 신세를 꼭 갚겠소"하며 노인은 '엘빈 다마'씨에게 연신 고맙다고 하면서 자리를 떴다. 그 후 세월이 흘러 그런 일을 까맣게 잊고 살다가 '엘빈 다마'씨는 한통의 통지서를 받았는데 거기에는 놀랍게도 세계 제1의 갑부 '하워드 휴즈'의 유산 중 16분지 1을 기증 받으라는 내용이 담겨 있었던 것이다. 20억 달러의 유산 중 16분지 1이라면 1천억 원이 넘는 돈이 된다. 자신이 베푼 작은 친절과 25센트의 선행이 결국 5억 배의 선물로 되어 되돌아온 것이다.

토요일 오후에 직장인들이 모여 있는 번화가에 가면 진풍경이 보인다. 길거리에서 가로수 옆에서 벤치에서 무엇인가를 부지런히 쓰고 있다. "공부하나?" 싶어서 가까이 가보면 열심히들 로또를 긁고 있다. 그들은 이야기한다. 로또가 1주일 동안 기다리는 즐거움을 준다고.

과연 그럴까? 세상에 즐거움을 주는 일이 800만 분지의 1의 확률을 기다리는 것밖에 없을까? 그 시간에 차라리 사람들에게 나의 사랑과 친절을 베풀면 어떨까? 이것은 반드시 돌아온다는 법칙이 있다.

10. 포기는 가장 나중에 해도 된다

2007년 미국을 여행했다. 그런데 미국 콜로라도 주 스프링스 근처는 좁고 험악한 산길의 연속이었다. 그 산길은 자동차가 빠져나갈 수 없을 것처럼 좁아 보였다. 산길의 입구에는 다음과 같은 표지판이 세워져 있었다.

'빠져나갈 수 있음'

빠져나갈 수 있다는 안내 표지판에도 불구하고 그 산길엔 자동차도 인적도 뜸했다. 결국 그 도로는 폐쇄될 위기에까지 이르렀다. 산을 넘어가는 지름길로 알고 들어선 자동차들이 그 표지판을 보고는 차를 세운다. 그리고 어떻게 할 것인가를 한참동안 고민하다가 대개가 그대로 돌아서 버리고 마는 것이다. 그들은 그 좁은 길로는 도저히 자동차가 빠져나갈 수 없을 것이라고 판단했기 때문이었다. 모두가 지름길을 내버려두고 차

를 돌려 먼 길로 돌아갔다.

　표지판이 세워진지 몇 년이 흘렀지만 여전히 표지판을 믿으려는 자동차는 한 대도 없었다. 반면에 멀리 돌아가는 도로엔 자동차들이 꼬리에 꼬리를 물며 지나가고 있었다. 그러던 어느 날, 한 대의 자동차가 좁은 산길을 향해 올라갔다. 바로 밑에서 이 자동차를 본 사람들은 저마다 한 마디씩 건넸다. “저 사람 헛수고 하는구먼…, 표지판 사이로 빠져나갈 수 없다는 것을 곧 알게 될 텐데…….” 그러나 자동차는 전혀 속도를 줄이지 않고 그대로 앞으로 나가더니 표지판을 들이밀었다. 순간 이 광경을 본 운전자들이 놀라 두 눈을 질끈 감았다. 다시 눈을 떴을 때 자동차는 무사히 지나가고 있었다. 그 표지판은 앞으로 밀게 되어있으므로 그대로 표지판을 밀고 달리면 산길을 통과할 수 있었던 것이다. 표지판을 밀지 않고 빠져나갈 수 없을 것이라는 생각으로 사람들은 불편함을 감수했던 것이다.

　무슨 일이든지 보이는 그대로를 인정하는 것도 중요하긴 하다. 하지만 용기를 내어 그 일과 맞부딪혀 보지도 않고 포기해 버리는 것은 인생의 성공의 길을 버리는 것이다. 포기는 가장 나중에 선택할 수 있는 것이다.

　이 소년은 세살 때 아버지를 잃었다. 너무 가난해 정규학교에 진학할 수도 없었다. 책을 읽고 글씨를 쓰는 것조차 어려웠다. 소년의 관심은 오로지 음식을 배부르게 먹는 것이었다. 열네 살 때는 양복점 점원으로 들어가 재봉기술을 익혔다. 열여덟 살 때는 구두수선공의 딸과 결혼했다. 이 소년의 이름은 앤드류 존슨이다. 알래스카를 소련으로부터 7백20만 달러에 매입한 미국의 제17대 대통령이다. 앤드류 존슨의 자기계발은 결혼한 후부터 시작됐다. 아내에게 글을 배워 매일 밤 책을 읽으며 교양을 쌓았다. 불혹의 나이가 됐을 때 그는 달변가요 명필가로 변해 있었다. 링컨이 암살당하자 대통령직을 승계해 위기를 극복하는 지도력을 발휘했던 것이다. 이제 아무도 앤드류 존슨을 무식한 대통령이라고 비난하지 않는다.

많은 사람들이 과거 자신의 처지를 벗어나지 못한다. 또한 많은 시간을 과거를 회상하면서 보낸다. 그리고 포기한다. 그러나 성공하는 사람은 앞을 내다본다. 포기할 수밖에 없는 상황인데도 지금 당장 할 수 있는 것부터 우선 한다.

당신은 어떤 사람인가? 포기하는 사람인가? 아니면 5년 뒤를 내다보고 아기 같은 마음으로 다시 시작하려고 우선 할 수 있는 일부터 하는 사람인가?

02 학생

11. 몸으로 배우라

성공이란 어떤 면에서 리더(leader)가 된다는 말이다. 그러므로 리더로서 성장해 가는 우리 모든 사람은 청년의 때를 맞이해야 한다. 그것이 성공으로 가는 제2단계라고 할 수 있다.

아기 때와 청년의 때는 무엇이 다른가. 아기 때와 어릴 때는 기초만 배운다. 그리고 머리로 배운다. 머리로 배우는 것을 학이지라고 한다. 몸으로 배우는 것을 곤이지라고 한다. 학이지란 배워서 아는 것이고 곤이지란 곤란을 겪으면서 배운 지혜, 즉 당장 써먹을 수 있는 지식을 말한다.

자전거 운전, 수영, 자동차 운전은 교실에서 배울 수 없다. 이론으로 배워서 자격증 따는 법은 없다. 자격증은 몸으로 터득한 것을 증명하는 것이다. 당신에겐 몸으로 배워 얻은 1급 자격증이 몇 개 있는가?

전문적인 용어로 그것을 체득이라고 한다. 체득중의 체득자를 달인(達人)이라고 한다. 달인이 되는 방법은 간단하다. 하루 3시간씩 10년을 투자하면 1만 시간이 된다. 어떤 분야 어떤 일이든지 1만 시간을 투자하면 몸이 자동으로 알아서 한다.

나는 책 쓰는 달인이다. 지금까지 쓴 책이 100권이 넘는다. 네이버에 검색해 보면 100여권의 책 중 23권이 베스트 셀러라고 소개되어 있다. 우리나라에서 베스트셀러란 3만부 이상이 단기간에 팔린 책을 말한다. 또 스테디셀러가 7권이다. 3년 이상 일정량 이상 꾸준하게 나간 책을 말한다.

나는 강연의 달인이다. 3시간 정도의 강의는 원고 없이 한다. 1만 시간 이상의 강연을 하였기 때문이다.

나는 라면의 달인이다. 찜질방 식당에서 3년간 2만개의 라면을 끓여 팔아본 적이 있기 때문이다.

나는 상담의 달인이다. 어떤 문제를 가진 사람이든 상담을 하기만 하면 문제점을 알려주고 해결책을 알려줄 수 있다. 1만 명 이상을 만나 상담했기 때문이다.

나는 독서지도사를 양성하는 지도자이다. 나는 독특한 독서지도법을 개발해서 자격증을 나누어 주는 일을 하고 있다.

나는 자녀교육 전문가이다. 세 아이를 영재로 키웠고 이를 바탕으로 자녀 교육서를 3권 썼고 그 동안 아버지학교 어머니학교 부부학교를 통해 수많은 문제가정들을 치유했다.

나는 교육가이다. 현재도 대안교육을 하고 있으며 대안학교를 운영하는 이사장이다.

그 외에도 나는 몸으로 터득한 많은 곤이지가 있다. 그리고 앞으로 더 많은 것에 시간을 투자하려고 한다. 달인이 되고 싶은 분야가 아직도 많이 있기 때문이다.

나는 성경의 달인이 되고 싶다. 그래서 매일 성경 두 구절을 외우고 있다.

나는 영어의 달인이 되고 싶다. 그래서 영어책을 두 권 썼다. 하지만 더 나아가 회화의 달인이 되고 싶다. 언젠가 멋진 유창한 영어로 강연을 하고 싶기 때문이다.

나는 요트를 배우고 싶다. 그래서 내 혼자의 힘으로 배를 몰고 세계 일주를 하고 싶다. 그 외에도 하고 싶은 일이 많다. 그것은 살아가면서 인생을 음미하면서 시대에 꼭 필요한 일거리를 찾으면 할 것이다.

자연주의 문학의 거장이며 『보봐리 부인』의 작가인 플로벨에게 어느 날 한 부인이 찾아와서 자기 아들의 문학수업을 부탁드렸다. 그러나 오랜 세월이 지나도록 추천하여주지 않은 처사에 대해서 선생님에게 항의를 하였다. 제자로 삼았으면 제자를 키워주어야 되지 않겠느냐는 것이었다. 그런데 플로벨은 그 청년에게 질문을 하였다. "너는 내 집에 온 지도 오래되었고 내 집 계단을 수천 번 오르내렸는데 그 계단의 수가 몇 개인지 아는가?" 하고 물어 보았다. 그러나 이 청년은 아무 대답도 못하고 서 있었다. 이 때 플로벨은 다시 "작가가 되려는 사람이 그렇게 관찰력이 없어서는 안 된다. 지금부터 너는 너의 키가 넘을 정도의 원고지를 습작하라"고 명령을 내렸다. 이 청년은 크게 깨닫고 정진하여 스승의 가르침대로 열심히 글쓰기 공부를 하여 훌륭한 작품을 많이 남기게 되었다. 바로 이 청년이 유명한 모파상이다. 사람은 질그릇 같은 그 육체 속에 어떤 마음을 담고 있는가에 따라 그 가치가 결정되는 존재이다. 사람은 육체를 지닌 마음인 것이다.

일본 동경대학 경제학부 노구치 유키오 교수는 <초 학습법> 에서 영어 공부에 대한 몇 가지 방법을 말하고 있는 데 그 핵심은 하나이다. 영어를 잘 하려면 교과서를 처음부터 통째로 암기하라는 것이다. 문법적으로 분해하는 방식의 영어 공부는 '절대 아니올시다'이다. 교과서 1쪽 정도의 분량을 한 단위로 몽땅 외우는 것이다. 한 20번쯤 거듭 소리 내어 읽으면 누구나 외울 수 있다. 물론 시간이 걸린다. 그러나 이 방법보다 나은 것은 없다. 대학 입시도 교과서를 몽땅 외우는 것으로 충분하다는 것이다.

12. 꿈에 사로잡히라

꿈은 사람을 사로잡는다. 꿈이 어떤 것이든 꿈을 꾸는 한 아름답다. 꿈은 현악기처럼 아름다운 음률을 내기 위해 삶을 긴장시키기 때문이다.

사랑하는 사람은 이 세상의 작은 것까지 모두 의미를 부여합니다. 그러므로 사랑해야 할 대상이 있다는 것은 더없이 행복한 일이다.

꿈이 있는 사람도 마찬가지다. 꿈을 가진다는 것은 짝사랑을 시작했다는 말이다. 꿈이 성취된다는 것은 사랑이 성공했단 뜻이다.

꿈은 자기의 됨됨이를 초월해서는 결과가 빚어지지 않는다. 그러기에 꿈을 가진 사람은 필연적으로 중간 과정이 있다. 인내와 노력, 그리고 성실이다.

마치 금과 은을 제련하는 것과 같다. 꿈을 이루는 사람이 되기를 원한다면 우리는 기꺼이 '청년의 이상'을 다시 가져야 한다.

프레드 C. 레니크는 "끌과 돌이 만날 때"라는 그의 글에서 다음과 같이 말한다.

"우리는 자녀를 강하게 키워야 한다는 것을 압니다. 자녀를 강하게 키우기 위해서는 환경과 훈련이 필요합니다. 오늘날 우리 주변에는 무분별한 사랑과 지나친 과잉보호로써 자녀들을 망치는 부모들이 있습니다. 미국의 식물학자 중에 선인장에 대해서 깊이 연구한 바아 뱅크라는 분이 있습니다. 선인장은 습기가 적은 모래밭에서, 사막 같은 데서, 또 짐승들이 식물을 뜯어먹는 위험한 곳에서도 잘 자랍니다. 왜냐하면 자기를 보호하는 많은 가시가 있기 때문입니다. 바아 뱅크는 선인장을 아주 색다른 환경으로 옮겨 심는 실험을 했습니다. 따스한 햇살이 비춰는 곳에, 집어삼키는 어떤 맹수도 없는 곳에, 습기가 적절하게 잘 조정되는 곳에서 선인장을 키워 보았습니다. 그가 16년 동안 선인장을 실험한 결과 좋은 환경에서 자란 선인장에는 날카로운 가시가 아니라 비로드처럼 부드러운 수염이 나온다는 사실을 알았습니다. 우리는 자녀들을 가시가 달린 선인장처럼 키워야 합니다.”

당신이 지난번 실패한 것은 가시가 돋아야 할 부분에 비로도 같은 수염이 돋았기 때문이다. 학생처럼 청년정신을 가지고 미개척지로 자리를 옮겨라. 혹독한 사막 차가운 극지방, 어디라도 다시 도전할 용기를 가져라. 아직 포기하기에 40대는 너무 젊다.

그러나 당신이 꿈을 갖지 않는 이유, 당신이 꿈을 이루기 위한 구체적인 행동에 돌입하지 않는 이유는 당신의 두뇌가 꿈을 이룰 수 있다는 사실을 믿지 못하기 때문이다. 달리 말하면 부정적인 사고방식의 노예가 되어 있기 때문이다. 배우는 학생은 도전을 두려워하지 않는다. 정상적인 유아기를 보낸 사람은 사자가 될 수 있다. 그래서 젊은 사자는 썩은 고기를 물지 않는다.

13. 합리성을 키우라

　합리성은 대개 두 가지 큰 범주로 구분된다. 첫째 지식의 합리성, 둘째 사람의 합리성이다. 학생의 한계가 무엇인가? 편협성이다. 열정이 강할수록 합리성은 떨어진다.

　합리성을 키우는 균형감각을 키우기 위한 방편은 독서와 인간이해다. 이 두 가지를 충족시키는 것이 인문학적 독서이다. 그리고 사색이다. 검색만 하는 인생은 깊이 있는 인간 이해를 하지 못한다. 역사상 열정과 합리성을 같이 갖춘 사람을 꼽으라면 칭기즈칸과 나폴레옹이라 할 것이다. 칭기즈칸은 사색의 사람이었다. 몽골의 광활한 대지에 서 있어보라! 자동으로 사색을 하게 된다. 코르시카의 외로운 섬에 있어보라. 신문 쪼가리 하나라도 손에 쥐면 놓기 싫어진다. 그는 말했다.

　"젊은이들아, 집안이 나쁘다고 탓하지 말라. 나는 어려서 아버지를 잃고 고향에서 쫓겨났다. 가난하다고 말하지 말라. 나는 들쥐를 잡아먹으며 연명했고, 내가 살던 땅에서는 시든 나무마다 비린내만 났다. 적은 밖에 있는 것이 아니라 자신의 안에 있다."

　그는 한 사람의 꿈은 꿈으로 끝날 수 있지만 만인(萬人)이 꿈을 꾸면 그 꿈이 현실이 될 수 있다는 신념으로 전체를 이끌어 갔다. 지도자의 비전과 철학이 중요한다. 그 곳에서 모두를 이끌 수 있는 합리성이 나온다.

　칭기즈칸의 권위가 힘만으로 가능했을까? 전사들은 칭기즈칸의 합리성 앞에 자신들의 작은 양보가 결국에는 더 큰 이익이 되어 돌아온다는 것을 알았기에 가능한 일이었다.

　나폴레옹은 어떤가? 그는 전쟁터로 나가면서 세 수레에 책을 싣고 나갔다. 독서를 통해 자신의 약점을 보편적인 합리성으로 극복해나갔다. 세상에서 가장 무서운 사람은 책 한 권 읽은 사람이다. 내 안에서 길러 내 생각의 작은 우물터 안에서 나오는 물로는 세상의 목마름을 적실 수 없다. 샘의 근원을 깊게 가져야 한다. 그러기 위해 깊이 파야 한다. 다른 사람의 책을 읽고 또 읽어서 생각의 깊이와 넓이를 파야 인간이해를 하고 이해된 만큼 소통의 장이 넓어지는 것이다.

14. 창조적인 주인공이 되라

식물에게 물을 주면, 당장은 아무런 변화도 일어나지 않는다. 식물의 키도 자라지 않고, 꽃이나 열매도 생기지 않는다. 그러나 물을 꾸준하게 계속 주면, 어느 순간 식물의 키가 껑충 자라고 꽃을 피우고 열매를 맺는다.

당신의 두뇌가 식물이라면, 철학 고전 독서는 물이다. 철학 고전 독서를 성실하게 한다면 오래지 않아서 자신의 사고 체계가 변화하는 것을 몸으로 느끼게 될 것이다. 당신도 천재들처럼 입체적 사고 능력을 갖게 될 것이고, 남다른 사람이 될 것이다.

나는 20대 후반부터 철학 고전 독서를 본격적으로 시작했다. 나에게 남다른 일을 할 수 있는 힘이 있다면, 그것은 상당 부분 철학 고전 독서로부터 비롯되었다고 자신 있게 말할 수 있다.

1930년대 미국의 경제 불황이 온 나라를 뒤덮고 있을 때 한 젊은이가 직장을 구하려고 뛰어 다녔다. 어느 날 구인광고를 보고 자신이 그 직종에 꼭 맞는 조건이라고 판단하고 회사로 달려갔다. 그러나 벌써 서른일곱 명의 지원자가 줄을 서서 면접을 하고 있는데 자기는 면접도 못 볼 것 같았다. 청년은 메모지에 이렇게 적었다. "부탁합니다. 응시 번호 38번 헨리 제임스입니다. 저를 면접하기 전에는 누구든지 채용을 보류해 주십시오" 라고 써서 비서를 통해 사장님께 전했다. 잠시 후 사장님이 밖으로 나오더니 "38번 헨리 제임스가 누구요." 하고 찾았다. 그리고 또 이렇게 말했다. "내가 지금 찾고 있는 사람이 당신같이 창조적인 생각과 독창성을 가진 사람이요, 당신을 채용하겠소." 하였다.

청년실업문제가 해마다 단골 이슈가 되고 있다. 올해도 대졸 취업재

수생들이 30만 명에 이른다고 한다. 하지만 기업가들에게 물어보라. 여전히 쓸 만한 사람이 없다고 한다.

창조적인 사람도 부족하고 도전의식이 있는 사람은 더욱 부족하다. 소니가 왜 2류 기업으로 전락했는가? 노키아가 왜 자신의 아성을 양보할 수밖에 없었는가? 청년정신이 없어졌기 때문이다. 삼성이 초일류기업이 된 이유가 어디에 있을까? 이건희의 자기 개혁이 있었기 때문이다.

이건희가 말했다. "사람의 인생을 완벽하게 바꾸는 것은 행동이다. 그 행동은 사고방식에서 비롯된다. 삶을 변화시키고 싶다면 사고방식을 변화시켜라! 자기 계발은 사고방식을 바꾸는 것이다."

27살 이건희처럼에 보면 이런 이야기가 나온다.

"부정적인 사고방식을 가진 사람을 긍정적인 사고방식의 소유자로 바꾸려면 약 1톤 정도의 긍정적인 정보가 필요하다." 그러니까 평범한 사람이 대략 1톤 분량의 자기계발 서적을 집중적으로 읽으면 박정희 또는 정주영 같은 불굴의 정신을 가진 사람으로 변화할 수 있다는 것이다. 그렇다면 대체 몇 권의 책을 읽어야 한다는 소리일까? 책 한권이 대략 500그램 정도 나가니까 약 2천권 정도를 읽어야 한다는 계산이 나온다.

회사에서 별다른 두각을 드러내지 못하는 사람이 CEO가 될 수 있는 행동을 작게는 수년에서 많게는 10년 이상 계속하면 어떻게 될까? 저절로 CEO가 된다. 이 사실은 초등학교 아이들도 알고 있다. 하지만 이 간단한 원리를 직접 실천해서 CEO가 되는 사람은 거의 없다. 가장 큰 이유는 자신이 CEO가 될 수 있다는 사실을 진심으로 믿지 못하기 때문이다. '난 안 된다'는 생각이 무의식 깊은 곳에 있기 때문이다.

'난 안 된다'는 사고방식을 '난 된다'는 사고방식으로 완벽하게 바꾸면 새로운 인생을 창조하는 행동을 지속적으로 하게 된다. 예를 들어 평범한 샐러리맨이 자신이 CEO가 될 수 있다고 확신하면, CEO가 될 때까지 CEO가 될 수 있는 행동을 하게 된다. 사고방식의 중요성은 여기서 드러난다. 한 사람의 인생을 실제로 만드는 것은 행동이다. 그런데 그 행동은 사고방식에서 비롯된다. 삶을 변화시키고 싶은 사람은 사고방식부터 변화시켜야 한다.

15. 황금법칙을 깨달으라

황금법칙을 깨닫기 바란다.

"누구든지라도 대접을 받기 원하는 만큼 남을 대접하라"

이화여대 근처에서 두 평짜리 옷가게로 시작해 30대 그룹으로 성장한 이랜드의 성공비결에 대해 박성수 회장은 '황금률(Golden Rule)'을 들고 있다.

사업이나 인간관계, 사회생활, 가정생활에서 성공하는 비결은 '황금률'입니다. 예수님은 네가 대접받고자 하는 대로 남을 대접하라고 했습니다.

황금률은 내가 아니라 타인이 중심이 되는 가치관을 말한다. 때론 지키기 힘들어도 타인지향적 가치관을 가지게 될 때 성공할 수 있다.

그는 초등학교 시절 중소기업을 운영하던 어머니로부터 배운 교훈을 이야기했다. 그가 경쟁사보다 우수한 품질의 제품을 더 저렴한 가격에 판매하는 어머니에게 이유를 묻자 "물건을 싸게 팔아야 사람들이 쉽게 살 수 있고, 싸게 구입해서 이익을 보면 또 사러 오지 않겠느냐"고 답했다고 한다.

"나는 이때 사업의 매우 중요한 원리를 깨달았습니다. 곧 내가 대접받고자 하는 대로 먼저 남을 대접하라는 것입니다. 사업은 고생하더라도 고객에게 주는 가치가 더 커야 성공할 수 있습니다."

'자기가 잘 팔 수 있는 상품을 자신의 방식대로 판매하는 것이 아니라 고객이 원하는 상품을 고객이 원하는 장소에서 저렴하게 팔아야 한다' 이것이 마케팅이다.

구글의 강함이 되는 소스 파워 3가지는 속도, 파괴, 파격의 업무방식이라고 한다. 올드미디어인 티비, 라디오는 구글에게 많은 광고주를 빼앗겼다. 낡은 모델을 새 모델로 바꾼 것이라고 할 수 있다.

혁신적인 절대 강자 - 구글의 원동력을 훔치기 위한 책 <구글을 움직이는 10가지 황금률(Google's 10 Golden Rules)>에 보면 구글만의 경영원칙이 나온다.

1. 채용은 위원회에서 담당한다.
▶ 그래서 하버드보다 들어가기 어려운 구글이 되었다. 그러나 들어갔다는 것만으로도 자부심이 생긴다.
2. 필요한 것은 모두 충족시킨다.
▶ 풍족한 복리후생으로 생산성을 높인다.
3. 한곳에 모아둔다.

▶너무 질서정연하면 재미있는 일은 일어나지 않는다.

4. 조정하기 쉬운 환경을 만든다.

▶좋은 네트워크를 만드는 노하우

5. 출시 전 자사 제품을 쓰게 한다.

▶평소와 다른 길을 걸으며 해답을 찾는다.

6. 창조성을 장려한다.

▶아이디어의 질을 결정하는 '20처센트 규정'

7. 합의를 이끌어내기 위해 노력한다.

▶구글은 군중의 지혜를 믿는다.

8. 사악해지지 않는다.

▶우선순위에서 수익을 제외한다.

9. 데이터가 판단을 이끈다.

▶잘못된 판단은 잘못된 데이터에서 나온다.

10. 효과적인 커뮤니케이션을 한다.

▶두뇌의 한계를 간단히 뛰어넘는다.

우리가 가장 눈여겨보아야 할 부분은 우선순위에서 수익을 제외한다는 부분이다. 구글의 우선순위는 첫 번째 세계를 좀 더 나은 곳으로 바꾼다는 목표를 절대 잊지 않으며, 수익사업은 그 비용을 손에 넣기 위한 수단으로 생각한다는 것이다. 이것이 황금률이다. 자금은 사회적기업이 대세이다. 수익적기업 자본적 기업의 시대는 점점 쇠퇴하게 될 것이다. 오직 사회적기업 공공적 기업이 각광받는 시대가 될 것이다. 밑그림에서부터 황금률을 적용시켜야 할 이유이다.

16. 누리지 않으면 눌린다

세상에 어디 부자가 되기 싫어하는 사람이 있을까. 또 돈에 대한 관심과 열정이 없던 시대가 있을까. 사실 '마음만 부자면 된다'는 한낱 자기 위안에 불과하다. 부자들은 삶을 즐기고 누리는 데 반해 가난한 자들에게는 삶의 무게가 너무 버거워 눌린다. 이런 차이는 단순히 '운'때문일까.

돈 벌기 위해 안달하면서도 막상 돈 애기만 나오면 점잔을 빼고 고상한척 한다. 앞으로는 돈에 대한 전통적 사고에 치우친 부끄러움은 버려야 한다. 세상의 흐름을 제대로 파악한 자가 곧 부를 거머쥔다.

그리고 기억할 것은 '다른 사람의 것은 영원히 당신을 위해 쓰일 수 있다'는 것이다. 다른 사람의 것을 빌리는 일에 부끄러워하지 말길 바란다. 돈을 비롯해, 명예, 권리, 지혜, 기술 등이 다른 사람 것일지라도 그것을 이용해 돈을 벌 수 있다. 이것은 전략이며 유쾌한 놀이다. 슬기로운 결정이 풍성한 재운을 가져다 줄 수 있다.

그러기위해서 누리는 훈련이 필요하다. 빌게이츠처럼 거대한 저택을 가지지 못했다고 좌절할 필요가 없다. 그도 잠자는 데 필요한 공간 1.5평 일뿐이다. 스티브잡스처럼 수 만권의 책을 쌓아놓은 도서관을 가지지 못했다고 부러워 할 필요가 없다. 아무리 뛰어난 독서가라도 한 시간에 읽고 해독할 수 있는 양은 100페이지에 불과하다. 몇 권을 쌓아놓았느냐가 중요한 것이 아니라 몇 권이 내 안에 들어와 녹아 있느냐가 중요한 것이다.

나는 일평생 2만권을 책을 읽었다고 자부한다. 하지만 우리 집에 서재도 책꽂이도 없다. 명사의 서재라도 누가 취재 나온다고 하면 보여줄 서재가 없다. 하지만 나는 매일 책을 사서 읽고 그리고 머릿속에 정리한 다음 꼭 읽어야 할 사람에게 선물로 준다. 그것이 나의 누림이다.

나는 지금 세종시에 살고 있다. 나는 금강을 바라보는 집에 살고 있다. 나는 금강을 소유한 것은 아니지만 누리고 있다. 또 세종시는 일산호수공원보다 더 넓은 호수공원을 가지고 있다. 내 소유는 아니지만 나는 밤마다 그곳을 거닐며 누린다. 소유하는 자가 주인이 아니라 누리는 자가 주인이다.

책이 그리우면 도서관을 가면 되고 전원주택을 갖고 싶으면 전원을 거닐면 된다. 소유하면 그 때부터 관리비가 들지만 누리는 사람에겐 관리할 책임도 없다. 젊다는 것은 누릴 것을 누릴 줄 아는 데 있다. 진정으로 누리지 못하면 눌리는 삶을 살게 된다.

17. 집중하라

　선택과 집중 중에 중요한 것은 선택이다. 집중하기 전에 우선 선택을 잘해야 집중이 헛되지 않는 것이다. 선택 후 집중하여 완벽을 얻는 것은 최후의 목표지 지금은 아니다. 따라서 지금은 선택을 위해 폭넓은 앎이 필요할 때이다. 학생의 시간엔 배우기를 다시 시작해야 한다. 전에는 컴퓨터를 배웠다면 이제는 스마트폰을 배워야 한다. 조만간 스마트TV가 보편화되면 스마트TV에 집중해야 한다. 새로 배우고 접근하는 것을 겁내면 점점 뒤로 밀리게 된다. 카톡도 배우고 카스토리도 배우고 나만의 트윗도 만들고 시대적 조류를 앞서가야 한다. 그래야 트렌드도 읽을 수 있고 많은 경험과 함께 나만의 새로운 길을 찾을 수 있다.

　선택이 되었으면 또 집중해야 한다. 집중이란 어떤 일을 완전히 할 때

이다.

어네스트 훼밍웨이도 젊은이에게 주는 글에서 I hate a thing done by halves! 라고 하였다. 즉, 대충하는 것처럼 나쁜 것은 없다는 것이다.

오랜 시간 글 쓰는 일을 하다 보니 논문 쓰는 분들이 자신의 논문을 지도해달라고 부탁해오는 일이 꽤 많다. 그렇게 해서 논문지도를 해 준 것이 몇 백편은 된다. 좋은 논문이 무엇인가? 한 마디로 말해 집중한 것이다. 한 가지 주제를 아주 디테일하게 끈질기게 물고 늘어진 논문이다. 그래서 학부는 투어링(Touring), 석사는 집중(intensive)이다.

석사과정을 어플라이 하는 학생들이 자주 묻는 질문 중에 하나가 "왜 석사과정에는 실기수업의 비중이 작나요?"라는 것인데요. 그 이유는 석사과정은 기본적으로 연구를 목적으로 하거나 실무에 투입될 때 Director 나 Manager의 역할을 수행할 수 있도록 구성되어 있기 때문이다. 외국에서 석사과정에 지원하는 학생들은 일반적으로 학부를 마치고서 3-5년의 직장 경력을 갖고 있고, Director나 Manager의 위치에 오르기 위해 석사과정을 하는 경우가 대부분이기 때문이다. 그렇기 때문에 석사과정에서는 작업을 주로 하기 보다는 분석력과 판단력을 키우는 수업을 더 많이 하게 된다.

2단계 학생의 과정 중 여러분이 아직 학부적인 개념으로 10년 후의 트렌드를 이곳저곳을 둘러보는 투어링의 개념이라면, 석사적인 개념으로 이미 발견한 분야를 집중적으로 파고들어 한 분야의 깊이를 더 가늠하는 과정이라고 보면 된다.

딴 짓 하지 말고 10년 후 나의 미래를 그리면서 지금 부지런히 학과 강

의실과 대학원 강의실을 뛰어다니던 그 시절을 생각하며 이곳저곳을 잘
기웃거리면 나에게 남은 평생 밥 먹을 곳은 반드시 있다.

18. 내 자신이 브랜드가 되게 하자

우리 동네엔 자기이름을 간판에 걸어놓고 장사하는 식당이 꽤 많다. 보신탕보다는 염소탕을 좋아하는 나는 가끔 친구들과 염소탕을 즐기러 간다. 그 염소탕집의 이름은 김산기 염소탕이다. 호탕하게 생긴 주인이 독특한 비법으로 고기를 삶아 내는데 생각보다 부드럽고 고기가 고소하다. 한 마디로 맛있다. 더 신뢰가 가는 것은 자신의 이름을 걸고 요리하며 아들과 며느리가 동참하여 장사를 한다는 점이다.

내 이름이 브랜드가치를 지니게 하려면 달인의 수준을 뛰어넘어 명장의 자리에 이르러야 한다. 그 옛날 나의 첫 학생단계, 청년의 때 곧 20대 때, 한 달에 읽어 나갔던 독서의 양은 상상을 초월하였다. 당시 교회 대학부 회장을 맡으면서 그들을 리드하였던 나는 한 달에 적어도 30권 이상의 책을 읽어 나갔다. 그것이 어떻게 가능하였는가? 먼저 모든 돈은 오로지 책을 구입하는 데 먼저 지출하였다. 그리고 적어도 하루 3권 이상을 손에 들고 다녔다. 이 책을 읽다가 지겨우면 저 책을 읽고 저 책을 읽다가 지겨우면 또 다른 책을 펴 들었다. 그리고 걸어가면서도 책을 읽었다. 다독을 하는 방법이었다. 무엇보다 관심 분야를 정하고 집중적으로 읽는다는 원칙을 세웠다. 가령 철학이나 세계관에 대한 이해를 필요로 한다면 시중에 나와 있는 철학과 세계관에 관계되는 책은 모두 구입하기로 계획을 세운다. 그리고 집중적으로 읽는 것이다. 적어도 이 분야에 대해서 나의 생각을 글로 적을 수 있을 때까지 읽고 또 읽었다. 그 분야에 대한 어느 정도의 식견이 생기면 다시 세분화된 철학관련 분야에 대한 책을 사서 모은다. 그리고는 다시 그 분야를 집중적으로 읽기 시작한다. 물론 그 분야에 대해서 적어도 나의 글을 쓸 수 있을 때까지 읽고 또 읽었다. 그렇게 해서 적어도 난 30살이 되기 전까지 10,000여권 이상의 책을 읽었다.

그 다음 중요한 것이 글을 쓰는 것이다. 글을 쓴다는 것은 읽는 것 이상으로 학습에 도움이 된다. 글을 쓸 때는 가상의 독자를 의식하고 쓰는 것이 중요하다. 왜냐하면 학습의 능력을 배가시키는 방법은 누군가를 가르칠 것을 예상하면서 배우는 것이 훨씬 효과적이기 때문이다. 실제로 교사들이 학생들을 가르치기 위해 배우게 될 때 학습의 능률은 배가된다.

'명품(名品)'이란 그것이 옷이든, 자동차든, 악세사리든, 집이든, 골프채든, 그것을 소유하고 있는 사람이 그 물건을 소유하고 있다는 사실로 인하여 자랑스럽고 자부심을 가질 수 있도록 해 주는… 그리고 그것이 자기만의 것이라는 특별한 감정과 애정을 느낄 수 있도록 해 주는 그 무엇에 붙이는 명예로운 이름이다. 그렇다면 나는 이 세상이 소유할만한 명품인가? 자문해보고 스스로를 다듬어 보도록 하자.

19. 만들 때부터 세계표준을 생각하라

　도저히 흔들릴 것 같지 않았던 ‘산업왕국’ 일본이 허탈하게 무너진 가장 큰 이유는 ‘자기 기술’에 대한 고집이었다. ‘일본의 기술=세계의 기술’이란 자만심 속에 세계 흐름과 동떨어진 기술 표준에 매달리다가, 결국 고립과 쇠락을 자초했던 것이다. 이른바 ‘갈라파고스화’이다.

　갈라파고스는 남아메리카에서 1,000km 떨어져 나름의 생태계를 형성한 섬. 국제 기준을 외면한 채 독자 기준을 고수하다 세계 시장에서 고립돼 글로벌 경쟁력을 상실하는 현상을 일컬어 ‘갈라파고스화’라고 한다.

　일본의 갈라파고스화로 지적되는 대표적 사례는 휴대폰 분야. 우리나라를 포함해 전 세계 이동통신업체들이 새로운 통신기술로 진화하는데도, 일본은 국내에서만 통용되는 개인휴대통신(PHS) 방식을 유지해 왔고, 그 결과 이동통신서비스 장비 단말기 등 시장에서 사실상 전멸하게 됐다.

　만나한식뷔페는 미국 진출을 염두에 두고 만든 중저가 한식 뷔페이다. 5,000원만 내면 9가지 반찬과 국을 마음껏 먹을 수 있다. 현재 2호점까지 세웠는데 일일 평균 매출이 200만원이 넘는다. 처음부터 외국까지 진출할 계획을 가지고 만든 곳이다.

　한국에서 성공하면 세계에서 성공할 수 있다는 자신감을 가지고 글로벌전략을 세워야 한다. 내가 쓴 “16살 네 꿈이 평생을 결정한다”란 책은 국내에서 50만부 이상이 팔렸는데 덕분에 중국, 대만, 태국에서 번역되어 팔리고 있다. 지금은 일본에서 부지런히 책을 만들고 있다. 2013년 여름방학에 맞추어 출간될 예정이다. 아버지의 아들 사랑은 세계표준이다. 그래서 무엇을 만들든지 국제화 세계화 표준화를 염두에 둔다.

20. 생각의 탄생원리를 발견하라

나는 생각의 탄생 13가지를 섭렵했다. 로버트루트번 스타인 부부가 쓴 인문학 분야 베스트셀러 "생각의 탄생"을 주니어판으로 각색하여 출판하면서 섭렵한 것이다. 덕분에 "주니어 생각의 탄생"은 베스트셀러가 되었다. 하지만 그것으로 그치지 않고 생각의 탄생 13가지 단계를 초등학생용으로 다시 책을 썼다. 제목은 "관찰왕", "상상왕", "추상왕", "패턴왕", "놀이왕", "체득왕" 등등 생각이 만들어지고 그것이 작품이 되고 발명과 창작품이 되어가는 데 필요한 단계를 이해했다. 이처럼 21세기의 스마트 사회는 무엇보다 <창의력>이 뛰어난 사람이나 기업이 주도권을 잡는 시대가 된다. 창의력을 가진 사람은 기존의 질서를 보고 관찰하고 상상한 것을 토대로 상상하고 상상한 것을 하나로 압축해 내는 추상을 할 줄 알아야 한다. 상상을 통해 발견한 추상을 나열하여 패턴을 해석하고 그것을 재조립할 수 있어야 한다. 기존 있는 것을 무심히 보면 변화할 것이 없지만 생각의 탄생 원리를 터득한 사람은 응용을 하게 된다. 응용의 원리는 해석과 재조합이다.

이런 능력은 암기식 교육으로는 죽었다 깨어나도 생기지 않는다. 되는 대로 자유롭게 상상하고 독서하고 사색하며 내키는 대로 살아본 아이들만 할 수 있다. 부모들이 만들어준 틀에서만 살아온 아이는 상무를 하지만 제멋대로 살아본 아이는 CEO가 된다.

고기를 잡아주지 말고 고기 잡는 방법을 가르쳐주는 것은 대단히 중요한 원리이다. 하지만 고기를 잡는 방법이 여러 가지가 있다는 힌트를 주는 것은 더 중요한 원리이다.

03 연인

21. 사랑이 비전이고 열정이다

　연인들이 사랑에 빠진다는 말은 둘이서 같은 비전을 가지고 미래를 본다는 것이다. 그러므로 연인이 되는 절대불가결의 조건은 비전이다.

　트러디와 베스는 세계를 두루 구경하고 싶어서 스튜어디스를 지망한 입사 동기이다. 베스는 스튜어디스 그 자체에 만족하였고, 트러디는 단순한 구경 이상으로 스튜어디스라는 특별한 직업을 통하여 호텔 체인이나 관광 같은 여행 관련 사업을 하고 싶다는 비전을 가지고 있었다.

　그러므로 베스는 스튜어디스 업무에 충실하였으나 트러디는 스튜어디스 직무뿐만 아니라 그녀가 가게 되는 나라나 도시들을 돌아보고 그 곳에 대한 지식을 쌓아갔다. 이를테면 그 도시를 찾는 여행객은 어떤 사람들인지, 그 도시의 특성은 무엇인지, 그 도시의 문화와 축제 유래, 그 도시의 구경거리, 먹거리 등에 대한 살아있는 정보를 차곡차곡 노트에 모아두었던 것이다. 그리고 기내에서 승객들을 돌아보면서 그 도시를 찾아가는 여행객들에게 그 도시에 대한 여러 가지 유익한 정보를 친절하게 알려주었다. 그러던 어느 날 그녀가 근무하는 항공회사의 고급 간부가 직원들의 서비스 상태를 평가하기 위하여 비밀리에 현장 조사를 나왔는데 그 간부는 트러디의 그런 모습을 보고 크게 놀라고 큰 감동을 받았다. 그 간부는 사장에게 보고하였다.

"트러디는 스튜어디스로 쓰기에는 너무 아까운 인재입니다. 그녀는 우리 노선이 닿는 모든 도시를 샅샅이 꿰뚫고 있고, 각 도시들의 특성이 무엇이며, 그 특성에 따라 무엇을 하여야 할지를 미리미리 내다보고 준비하는 자세로 일하고 있습니다. 그녀는 걸어 다니는 백과사전과 같았습니다."

트러디는 승진하여 본사에서 근무하게 되었다. 그녀가 맡은 직책은 각 도시에 대한 안내 책자를 만드는 일이었다. 그로부터 10년 후 트러디는 여행대리점 사장이 되었다. 그녀의 대리점은 여행업계에서 알아주는 성공적인 사업체가 되었다.

한편, 베스는 세월이 흐름에 따라 스튜어디스란 직업에 점점 싫증을 느끼고 당장이라도 이 지겨운 직업을 벗어나 결혼이나 했으면 좋겠다는 푸념만 늘어나게 되었다.

트러디와 베스의 차이가 무엇인가? 그것은 비전이 있느냐? 없느냐?의 차이였다. 그것이 그녀를 열정적으로 만들었고 남들에게도 아름답게 비쳤던 것이다. 베스는 비전이 없었지만 트러디는 비전이 있었다. 비전이 있고, 없고의 차이가 곧 트러디와 베스의 차이이다. 그리고 성공의 차이였다.

22. 도도새로 머물 것인가 독수리의 날개를 가질 것인가?

한때 이런 썰렁한 농담이 시중에 회자되었다.

"미국 클린턴 대통령 부부가 차를 타고 가다가 기름이 떨어져서 주유소에 들르게 되었다. 그런데 우연하게도 주유소 사장이 힐러리의 옛 남자친구였다. 돌아오는 길에 클린턴이 물었다.

"만일 당신이 저 남자와 결혼했으면 지금 주유소 사장 부인이 돼 있겠지?"

힐러리가 바로 되받았다.

"아니, 저 남자가 미국 대통령이 되어 있을 거야."

힐러리 클린턴이 능력을 설명하는 가장 좋은 이야기 같다. 힐러리 로댐 클린턴 Hillary Rodham Clinton 이 우리에게 던지는 한 마디는 단 한 가지다. "커

다란 야망을 품었을 때라야 큰 결실을 맺을 수 있다."

당신은 꼭 이루어야할 삶의 목표가 있는가? 아님! 막연히 이렇게 끝까지 살아서는 안 된다는 수준의 생각인가?

"여자라면 힐러리처럼"이란 책의 글을 보면 제1부에 '힐러리도 나약한 도도새였다'는 말이 나온다, 이게 무슨 소린가? 나는 새도 떨어뜨린다는 힐러리가 한때는 날지도 못하는 도도새였다니.

20대 초반까지만 해도 보수적인 아버지 밑에서 "여자가 대학 가서 뭐해"라는 사고방식에 눌려 도도새처럼 날지 못하고 있는 날개조차 퇴화되어버렸다. 하지만 그녀는 그 동안 걸어왔던 도도새의 길에서 탈출하기 위해 발버둥 쳤다. 20대 중반에는 스스로를 독수리의 사고방식을 가진 사람으로 완벽하게 변화시키기 위해 분투했다. 20대 후반에는 적들을 후려칠 수 있는 날카로운 발톱과 가장 높은 곳으로 올라갈 수 있는 강한 날개를 갖기 위해 노력했다. 그리고 마침내 30대에 힐러리는 독수리로 거듭난다.

도도새가 된다는 것과 독수리의 심장을 품는 것은 어떤 차이와 변화를 말하는 걸까? 그녀는 네 가지의 비결을 말한다.

첫 번째 비결은 꿈의 성취를 자신의 온 존재로 확신하라는 것이다.

두 번째 비결은 이미 꿈이 이루어진 것처럼 행동하라는 것이다.

세 번째 비결은 꿈의 설계를 완벽하게 하라는 것이다.

네 번째 비결은 대가 지불을 아낌없이 하라는 것이다.

도도새는 천적이 없는 삶을 사는 사람을 의미한다. 천적이 없으면 살 것 같지만 사실은 도태된다. 사람은 천적이 있을 때 성장한다. 도전하지 않으면 현상유지는 할 것 같지만 소멸한다. 도전목표가 있을 때 모든 것이 향상한다.

23. 희생을 배우라

　　치열한 전투를 치루고 있는 전장에서 병사 한사람이 부상을 입고 피를 흘리며 애타게 물을 찾고 있었다. 분대장이 차고 있던 수통을 꺼내어 그 병사에서 건네주었다. 병사가 물을 마시려는 순간 모든 소대원들이 그 병사가 부러운 듯이 쳐다보고 있었다. 부상당한 병사는 자기만 목마른 것이 아니라 전우들 모두가 목마르다는 것을 알고 물을 마시는 시늉만 하고는 소대장에게 수통을 건네주었다. 소대장이 물을 마신 후 상사에게 주었고 상사는 소대원들이 돌려가면서 물을 마시게 했다. 마지막으로 가장 졸병이 수통을 받고 놀라지 않을 수 없었다. 그렇게 여럿이 물을 마셨다면 물이 없어야 할 텐데 수통에는 물이 가득했다. 서로 전우를 생각하여 물을 마시지 못한 것이다. 모두가 목마르지만 부상당한 병사를 위해 먹는 시늉만 했던 것이다. 전우애로 뭉쳐진 그 군대 공동체 안에서 화평을 누릴 수 있었던 비결은 과연 무엇일까? 그 이유는 희생이다. 바른 관계만이 화평을 누릴 수 있다. 마른 떡 한 조각을 놓고도 화목한 것이 바른 관계이다. 남편이 아내를 사랑하고 아내가 남편에게 복종하는 사이가 될 때 거기에는 화평이 있다. 바른 관계, 사람과의 바른 관계를 유지할 때 생산적이고 복된 삶의 자원인 화평을 누릴 수 있다.

　　최근 일본 정부로부터 '의지의 기업인'으로 표창을 받은 쇼가키 야스히코씨는 부친까지 무려 37대가 의사인 집안에서 태어났다. 도쿄대 물리학과를 졸업한 그가 선택한 첫 사업은 레스토랑이었다. 그는 '24시간 영업'과 '호객'을 시도했으나 돈을 벌지 못했다. 그러다가 취객이 난로를 넘어뜨려 가게가 몽땅 타버렸다. 야스히코씨가 두 번째로 시작한 사업은 스파게티 전문점으로 이탈리아에서 기술을 배워와 문을 열었다. 그리고 5

년 동안 혼신의 힘을 쏟았다. 맛은 뛰어났지만 왠지 찾아오는 손님은 적었다. 그는 설문을 통하여 원인을 조사했다. 대부분이 가격이 부담된다는 결론이 나왔다. 그러자 쇼가키 야스히코씨는 고민 끝에 중요한 결단을 내렸다.

‘좋다! 오늘부터 모든 음식 값을 절반으로 내린다.’ 이때부터 야스히코의 사업은 불이 붙었다. 체인점은 1백93개로 늘었다. 전년도 매출액은 무려 2천4백억 원. 사업성공의 비결은 끊임없는 도전정신과 희생이었다. 안 될 때는 낮추라!

희생이란 낮추는 것이다. 자신을 낮추고, 꿈을 조금 낮추고, 나의 명예와 성공의 때를 낮추는 것이다. 최선을 다해 살아야 하지만, 목적을 위해 사람을 수단으로 이용해서는 안 된다. 사람을 이용하면 당시에는 잘 모르지만 시간이 지나면 상대방은 반드시 알게 된다. 이용당하는 사람은 처음엔 순진해서 속지만 그도 인간인 이상 이성이 깨이고 지혜가 생기게 된다. 후일 그것을 깨닫게 되면 당신을 결코 용서하지 못한다. 이용당할지 언정 이용하는 사람이 되지 말기를 바란다.

24. 사고방식을 배우라

이 세상에서 가장 무서운 사람이 하나밖에 모르는 사람이라고 한다. 주위를 자세히 보면, 많이 알고 지식과 지혜를 폭넓게 갖춘 사람은 겸손하다. 왜냐하면 상대방이 반대하는 이야기를 들어보면서 "아! 그럴 수도 있겠군요." 하면서 이해를 하기 때문이다.

사고를 넓혀야 할 이유가 여기에 있다. 겸손을 갖기 위해서이다. 겸손은 골고루 갖춘 지혜에서 나온다. 그래서 아는 지식을 늘릴 것이 아니라 사고방식을 배워야 한다.

존 스튜어트 밀은 천재적인 사상가로도 유명하지만, 독서법으로도 유명하다. 그는 평범한 지능을 갖고 태어났지만, 영국 공리주의 지도자였던 아버지, 제임스 밑에서 천재 독서 교육을 받은 뒤 천재적인 두뇌를 갖게 되었고, 20대 중반에는 천재 사상가의 반열에 오르게 된다. 그의 독서법은 초등학교 때부터 플라톤, 아리스토텔레스, 키케로, 데카르트 같은 천재 사상가들의 저작을 열심히 읽고 소화해서 그들의 위대한 사고 능력을 자신의 것으로 만드는 독서를 말한다.

"나는 아이들에게 플라톤, 맹자, 장자 등을 읽힌다. 놀랍게도 아이들은 그리 어렵지 않게 받아들인다. 아이들의 두뇌는 보통 이런 철학 고전들을 세 달 정도 읽고 나면 실제로 변화를 보이기 시작한다. 질문이라고는 할 줄 몰랐던 아이들이 각종 현상에 대해 심도 있는 질문들을 던져대는가 하면, 사물의 근원에 대해서 궁금해 하고 그 근원을 파헤쳐 들어가 보려고 한다."

사고방식을 가르치는 독서를 하면 사고의 수준이 비약적으로 상승하는 것이다. 존 스튜어트 밀은 자서전에서, 초등학교 때부터 아버지로부터

이와 같은 철학 고전 독서교육을 받았던 덕택에 또래들보다 최소한 25년 이상을 앞서 나갈 수 있었다고 고백했다.

철학 고전 독서법이 두뇌를 놀랍게 변화시킨다는 사실을 증명하는 역사적 인물들이 있다. 처칠, 에디슨, 아인슈타인이 대표적이다. 이 세 사람에게는 공통점이 있다.

첫째, 공식적인 저능아였다.

둘째, 철학 고전 독서교육을 10년 이상 받았고, 그 결과 천재적 사고 능력을 갖게 되었다.

처칠은 두뇌 사용과는 전혀 거리가 먼 사람이었다. 그는 이미 유년 시절에 가정교사로부터,

책도 읽을 줄 모르는 아이이기 때문에 앞날이 심히 걱정된다는, 좌절스러운 평가를 받았다.

처칠은 초등학교 때부터 고등학교 때까지 전교 꼴찌를 도맡아했다. 게다가 왕따였다.

그런 처칠이 10대 중반부터 서서히 변화하기 시작한다. 영국 최고 가문의 딸이었던 어머니의 특별한 독서지도 때문이었다. 처칠의 어머니는 아들에게 존 스튜어트 밀의 독서 교육을 시켰다. 마침내 처칠이 10여년에 걸친 철학고전 독서를 마쳤을 때, 그는 천재적 사고 능력의 소유자로 변해 있었다.

에디슨 역시 두뇌 사용과는 거리가 매우 먼 사람이었다. 익히 알려져 있다시피 에디슨은 초등학교 시절에 지역 교육청에 저능아로 공식 보고된 사람이다. 이를 두고 어떤 사람들은 말한다. 학교가 에디슨을 잘못 판단했다고 물론 그럴 수도 있다. 하지만 나는 실제로 에디슨이 저능아였다고 믿는다. 다름 아닌 에디슨 부모의 행동 때문이다.

세상에 어떤 부모가 자기 자식이 학교로부터 저능아 판정을 받았는데 가만히 있겠는가? 당연히 에디슨의 부모도 학교로 찾아갔다. 그러나 어떤 항의도 하지 못했다.

학교의 권고에 따라 아들을 자퇴시켰다. 에디슨의 어머니는 엘리트 여성이었다. 그녀는 공립학교 교사 자격증을 가지고 있었다.

다행스럽게도 에디슨의 어머니는 저능아마저도 천재적인 두뇌의 소유자로 변화시킬 수 있는 독서법. 즉 존 스튜어트 밀 식 독서법을 알고 있었다. 그녀는 자신의 전 인생을 걸고 아들에게 철학 고전을 읽히고 가르치기 시작했고, 어머니의 위대한 사랑의 힘에 감화된 에디슨은 어머니의 독서 지도를 착실하게 따랐다. 그리고 약 10년 후부터 에디슨의 이름이 세상에 서서히 알려지기 시작한다. 아인슈타인도 어머니로부터 독서교육을 받았다. 아인슈타인에 관한 전기들을 보면 아인슈타인은 15세가 되기 전에 기본적인 철학 고전을 읽은 것으로 나타나 있다.

물론 그 뒤로도 아인슈타인의 철학 고전 독서는 계속되었다. 아인슈타인은 젊은 시절, 철학 고전을 읽고 토론하는 클럽을 만들었을 정도로 존 스튜어트 밀 식 독서법의 열렬한 실천자였다. 초등학교 때 에디슨처럼 저능아 판정을 받았던 아인슈타인의 나쁜 두뇌는 점차 천재적인 사고 능력을 갖추기 시작했다. 그리고 마침내 천재의 두뇌로 변화했다.

25. 낙관적인 사람이 되라

　　주위에서 걱정하는 사람을 보면 일부러 걱정거리를 찾는다는 생각이 든다. 충분히 낙관할 수 있는 일도 비관으로 일관한다. 나는 그들이 뇌구조가 굳었다는 것을 뇌과학 공부를 하면서 깨달았다. 우울증도 마찬가지다. 우울증을 마음의 감기라고 하는데 감기는 평소 운동하고 면역력이 좋은 나 같은 사람은 일부러 걸리는 것을 반기기도 한다. 왜냐면 감기는 가끔 걸려야 면역체계가 좋아지기 때문이다.

　　우울증은 뇌의 신경전달물질의 불균형이 나타나 생기는 현상이다. 뇌 내에서 감정을 조절하는 신경전달물질(세로토닌, 노르에피네프린 등)의 불균형 때문에 일어나는데 이것은 약물효과로 얼마든지 조절할 수 있다. 그러나 문제는 마음이다. 낙관적인 사고의 훈련이 되어있지 않으면 매일매일 비관에 시달리게 된다. 낙관적인 훈련을 하려면 가장 좋은 것이 독서이다. 긍정적인 생각을 하려면 무엇보다 독서를 꾸준히 해야 한다.

　　미국의 역대 퍼스트레이디들 중에서 '가장 호감 가는 여성'으로 손꼽히는 사람이 엘리너 루스벨트이다. 엘리너의 얼굴 표정은 항상 '매우 맑음'이었다. 그녀는 밝은 표정으로 주위 사람들을 즐겁게 해주었다.

　　그런 엘리너가 열 살 때 고아가 됐다는 것을 아는 사람은 거의 없다. 그녀는 한 끼 식사를 위해 혹독한 노동을 해야만 했다. 심지어 돈을 일컬어 '땀과 눈물의 종이조각'이라고 부를 정도였다. 그러나 이 소녀에게는 남들이 갖지 못한 자산이 하나 있었다. 그것은 낙관적 인생관이었다. 엘리너는 어떤 절망적 상황에서도 비관적인 언어를 사용하지 않았다. 그녀의 여섯 자녀 중 한 아이가 사망했을 때도 '아직 내가 사랑할 수 있는 아이가 다섯이나 있는 걸'이라고 말했다.

인생의 말년에 남편 루스벨트는 관절염으로 '휠체어인생'이 됐다. 휠체어의 루스벨트가 엘리너에게 농담을 던졌다. '불구인 나를 아직도 사랑하오?' 엘리너가 대답한다. "내가 언제 당신의 다리만 사랑했나요?' 밝은 성격과 낙관적 인생관은 사람의 생과사의 운명을 바꾸어 놓는다. 그래서 성공하는 사람은 언어가 틀리다. 부정적인 말, 더러운 말은 입 밖에도 내지 말자.

26. 편협된 관점을 버리라

　일반인들이 철학이라고 하면 상당히 어려워하는 경우를 자주 본다. 철학이란 "내가 어떤 관점을 가질까?"하는 문제이다.

　얼마 전 미국에서 출간된 브렌트 보우어스의 <1천년, 1천인> 은 지난 1천년 동안 인류사에 큰 족적을 남긴 인물 1천명을 선정해 순위를 매겼다. 이에 따르면 요하네스 구텐베르크와 크리스토퍼 콜럼버스가 각각 1, 2위를 차지했다. 구텐베르크는 금속활자를 발명해 서적의 대량생산을 가능케 했고, 콜럼버스는 아메리카 신대륙을 발견했다. 콜럼버스는 인류가 활동하는 지리적 공간을 확대했고 쿠텐베르크는 지식의 공간을 확대했다. 그런데 구텐베르크의 발명은 의도적 노력의 결과인 반면 콜럼버스의 발견은 착각의 산물이었다. 관점의 문제였다.

　또 콜럼버스는 서쪽으로 가면 아시아에 더 빨리 도달할 수 있을 것으로 믿었으며, 자신의 항로가 신대륙에 '가로막힌' 줄 몰랐다. 후에 아메리고 베스부치에 의해서 겨우 신대륙임을 알았다. 유럽인들에게 신대륙은 축복의 땅이었지만. 신대륙 원주민 입장에선 엄청난 재앙이었다. 정복자들은 원주민들을 학살하고 노예로 삼았다. 콜럼버스가 서인도제도에 상륙한 1492년 25만 명이던 에스파놀라섬 인구는 1538년 5백 명만 남았다. 역사학자들은 신대륙 발견 후 원주민 1천6백만 명, 그리고 같은 숫자의 아프리카 흑인이 희생됐을 것으로 추산한다.

　콜럼버스의 관점에서 본다면 역사는 발전한 것이지만 아메리카 원주민의 역사에서 보면 역사는 퇴보한 것이다. 이처럼 세상에는 절대적인 관점이란 존재하지 않는다. 히틀러는 알렉산더의 그리스 시이저의 로마를 이은 제3제국을 꿈꾸며 그 관점으로 유럽을 제패하고자 했다. 하지만 그 관점은 미국의 제동에 막혀 실패하고 말았다. 세계의 진질서는 미국 중심으로 바뀌어가고 있었기 때문이다. 마르크스와 레닌은 역사를 진보주의 입장에서 보았지만 그들이 말하는 반동세력에 의해 몰락하고 말았다. 북한이 지금 사회주의 끝물을 우려먹고 있지만 중국마저 폐기한 관점은 이제 곧 바닥을 드러낼 것이다.

경제적으로는 이제 A. B. C. 중에 C의 역사로 접어들고 있다. A는 Army(군사력) 시대를 지나 B(Business) C의 시대 즉 Contents시대이다. A의 시대가 19세기로 마감이 되고 B의 시대가 20세기로 끝이 났다면 21세기는 오직 C의 시대로 갈 것임을 보여준다.

컨텐츠는 어떤 것인가? 모든 산업의 원료다. 이제는 이야기가 산업을 만든다. 이야기가 자동차를 만들고 이야기가 스마트폰을 만든다. 바야흐로 이야기의 시대다. 이야기를 만들려면 입체적 사고를 할 줄 알아야 한다. 예를 들면 이런 것이다.

내가 50만부 이상을 판 "16살, 네 꿈이 평생을 결정한다"란 책은 2006년 1월에 출간되었다. 하지만 그 책의 모체는 그 보다 3년 전 만들어진 "세상을 확 바꾼 체인지 메이커"란 책이다. 이 책은 3만부 가량 팔리고 절판 되었다. 이 책은 경제경영서로 서가에 꽂혔다. 그러다가 청소년을 위한 버전으로 2006년 출간해서 다시금 세상에 나왔다. 버전을 바꾸기 위해 문체는 아버지가 아들에게 이야기하는 형태로 바뀌었다. 그 결과 2006년 한 해에만 30만부가 팔렸고 2탄과 3탄이 새로 만들어졌다.

또 2007년에는 오디오북으로 제작이 되어 또 폭발적인 인기를 얻었

다. 그러다가 태국에서부터 시작되어 중국 대만 이제 일본까지 번역이
되어 전 세계로 판매되어 나가고 있다. 조만간 영화로 만들어볼 생각이
다. 그 덕분에 또 한 권의 책이 기획되었는데 "17살 네 인생의 지도를 펼
쳐라"란 책이다. 이 책은 아들과 내가 내 고향 영덕에서부터 부산까지
180km를 도보로 걸어간 여행기록이다. 이 책은 2007년 출간 되자마자 5
만부 가량 팔렸다. 또 문화관광부 장관상을 수상하는 영예도 얻었고 전국
중학교의 필독서가 되어 교실마다 꽂히게 되었다. 그것도 국가에서 책을
구입해서 각급 학교에 보급한 것이다.

2012년 이 책은 16살 책과는 다르게 청소년 버전에서 어른용 버전으
로 바뀌면서 제목이 "아버지와 아들"이란 제목으로 바뀌어 출판 되었다.
두 달 만에 3판을 찍는 기적이 일어났다. 이런 경우를 원소스 멀티 유즈
(One source Multi use)라고 한다. 컨텐츠의 재료가 되는 이야기는 하나지
만 장르나 버전을 바꾸면 얼마든지 새로운 감각으로 사람들에게 어필될
수 있다는 것이다.

이처럼 '입체적 사고'란 사물이나 현상을 그대로 나타난 그대로 파악
하는 평면적 사고에 대응하는 개념으로서 표면에 드러나지 않는 본질까
지 깊이 생각하고 다각적으로 비교 분석하여 전체적으로 파악하고 투시
하는 종합적 사고방법을 의미한다.

이제 청년이 된다고 함은 종래와 같이 구태의연한 사고에서 벗어나,
우리의 인식이나 발상부터 크게 바꾸어야 함을 말한다. 그리고 그 밑바탕
이 되는 입체적 사고를 훈련해야 한다. 입체적 사고를 위해서는 먼저 매
사를 종합적 · 포괄적으로 이해하기 위한 끈질긴 사고와 노력이 뒤따라
야 하며, 그 밑바탕에는 사물에 대한 풍부한 상식은 물론 깊은 애정과 장
인정신이 깔려야 한다.

요컨대 영화를 보더라도 어쩌다가 1~2편 볼 때는 그냥 재미있게 보지만, 1~2백 편 또는 수 백 편을 지속적으로 보게 되면 그 때부터는 대충 다음 스토리가 어떻게 전개되리라는 것을 충분히 예상할 수 있게 된다. 이 단계를 넘어서면 그 다음부터 단순히 영화만 보는 것이 아니라 배우의 동작 하나 하나, 촬영당시 감독의 지시와 카메라맨의 위치, 심지어는 배우의 마음까지도 느껴져 영화를 보는 감흥도 남다르고 마침내는 전문가 못지않은 식견을 피력할 수 있게 된다. 이와 같이 평소에 사고를 깊고 넓게 하는 훈련을 계속함에 따라 영화 한편을 보더라도 '종합예술 한 편을 감상'하는 차이로 구별된다. 이러한 입체적 사고가 생길 때까지 공부해야 한다.

재미있는 것은 한 가지의 종합적 사고가 생기면 관련된 것은 자동으로 눈이 열린다는 점이다.

입체적 사고가 왜 중요하냐면, 사고에 따라 일의 결과가 달라지기 때문이다. 오늘날에는 '잘못된 목적'에 이끌리는 사람이 많다. '잘못된 목적에 이끌리면 동일한 일을 해도 피로의 누적이 빠르다.

27. 노블리스 오블리제

　이번 대선에서 나름 킹 메이커 혹은 캐스팅보드 역할을 김성주 사장!
그녀는 대성산업 김수근 사장의 3남 3녀 가운데 막내였다. 56년 대구 출
생인데 이화여고를 거쳐 연세대 신학과를 졸업했다. 75학번이다. 그녀는
96년 '작은 하버드'라고 부르는 미국 엠허스트대가 기금 마련을 위해 제
작한 '학교를 빛낸 5인'이라는 홍보 비디오물에 노벨상 수상자 2인과 함
께 출연하는 영예도 얻었다.

　그녀는 패션유통업체인 성주 인터내셔널을 설립하였고 지금도 세계
적인 브랜드의 한국지사장을 여러 개 겸하여 맡고 있다. 그녀의 기업은
이미 세계적으로 이름이 나 있다. 거기에다 '접대 없는 경영' '미래 적 안
목'의 경영 등으로 한국뿐만 아니라 세계가 주목하는 여성기업인이 되었
다. 부모로부터 신앙을 그대로 물려받아 지금 그녀는 '노블리스 오블리제
(가진 자의 의무)'를 강조한다. 그녀의 가치관 바탕에는 기독교의 프로테
스탄트적 정신이 깔려있다.

　그녀는 말한다. "이제야 말로 제대로 된 기업경영 정신을 보여야 할
때다. 그러기 위해서는 그러기 위해서는 한국의 좁은 땅 안에서만 머물러
서는 안 된다."고 한다. 특히나 소프트웨어가 더 중요한 21세기에는 무엇
보다 정보화 마인드를 가지는 것이 중요하다고 한다. 우리는 이제 다가오
는 새로운 천년을 살아가야 할 사람들이다. 우리가 만약 도전하지 않는다
면 새로운 세기는 또 뒤쳐지고 말 것이다. 우리가 발로 밟는 곳이 우리의
기업이 된다.

　나는 그 동안 캄보디아와 방글라데시에 14개의 학교를 설립 혹은 운
영에 관여하고 있다. 인세 중 거의 대부분을 청소년 센터를 짓는 일에 학

교를 세우는 일에 사용하였다. 남보다 많이 가지고 얻는다고 해서 그것을 자신만을 위해 쌓아두던 시대는 지났다. 이제는 내가 받아 누리는 이 축복을 많은 사람들과 나누 것이 기쁨이요 보람인 시대다. 즉 쓰고 남은 돈으로 봉사하고 섬기는 것이 아니라 처음부터 봉사하고 섬기기 위해 버는 시대란 것을 우리는 알아야 한다.

앨빈 토플러는 "새로운 부의 물결"에서 이러한 시대를 제4의 물결이라고 명명했다. 이제는 봉사와 나눔과 섬김이 특정인의 삶이 아니라 모든 가진 자의 삶이 되어야 함을 가르쳐주고 있는데 이렇게 살면 아무리 많이 일을 해도 피곤하지 않는 즐거움이 있다. 왜냐면 영혼이 즐거워하는 일이기 때문이다.

가진 자의 즐거움중 하나는 내가 가진 작은 것으로 세상과 나누는 노블리스 오블리주의 실천에 있다.

28. 공부할 땐 앞자리에 앉으라

미국 남가주대학 심리학교수로 40년간 재직하시다 은퇴하신 골드 박사가 자신의 40년 교단생활을 회고한 글을 쓴 적이 있다. 그 글 중에 흥미 있는 부분이 있었다. 자신의 제자들 중에 자신의 분야에서 크게 성공한 사람들이 있었는가 하면 실패한 사람들도 있었다. 그런데 각 분야에서 성공한 제자들을 가만히 살펴보면 학교 다닐 때 5가지 특징이 있었다는 것이다.

자신의 분야에서 성공한 사람들의 학창생활 5가지 공통된 특징을 말하기를 첫째는 걸음걸이가 빠르다는 것이다. 걸음걸이가 빠르다는 것은 성취욕의 표현이며 부지런함의 표현이었다고 지적하고 있다. 둘째는 언제나 앞자리에 앉거나 앞자리에 선다는 것이다. 교실에서 앞자리에 앉는다는 것은 대개 적극적이고 진취적인데 비하여 뒷자리에 앉는다는 것은 대개 소극적이고 방관적이라는 것이다. 셋째는 시선을 집중시킨다는 것이다. 강의 시간 또는 대화 시에 상대방의 눈을 바라보고 시선을 집중시

키는 학생은 자기분야에 집중력이 강하고 학업성적이 월등하게 앞선다
는 것이다. 넷째는 항상 웃음을 가진다는 것이다. 웃음은 따뜻한 인간관
계를 맺게 해준다. 다섯째는 모든 일에 긍정적으로 생각하고 표현한다는
것이다. 고통을 당할 때 낙심하거나 누구를 원망하면 발전이 없다.

고통은 누구에게나 찾아온다. 실패를 원하는 사람은 아무도 없다. 하
지만 실패는 성공의 순간마다 자주 찾아온다. 하지만 낙심하는 사람에게
는 실패의 원인이 보이지 않는다. 실패의 원인을 알아야 다시 실패하지
않을 수 있는데, 낙담에 빠져 남을 원망하느라 되돌아 볼 여유를 갖지 못
하는 것이다.

인생은 7막 8장, 인생은 7전 8기의 정신이 있어야 최후의 승자가 된다.
7회전을 뛴다고 가정할 때 6번 실패할 수 있어도 막판에 이기면, 모두 이
기는 것이 인생이다.

29. 진돗개처럼

　오늘날엔 이전 시대에 자주 보았던 치열함이 덜한 시대가 되었다. 시대가 가벼워졌고 삶이 너무 가벼워졌다. 눌리는 게 아니라 누리는 삶을 산다고 해서 건성건성 살자는 이야기는 아니다. 더 치열하게 더 세밀하게 더 깊이 파고드는 진정한 프로정신이 청년의 시기에 필요하다.

　경영학 교과서에 나오는 이야기이다. 일본에서 '귀신판매부대'라는 신화를 남긴 '가네꼬 신이찌'(金子信一)라는 사람의 이야기이다. 그는 귀화한 한국인이다. 그가 부르짖는 것이 '쇠칼론'이다. 회사에서 일하는 사람에게는 세 가지 타입이 있는데 그 첫째는 쇠칼로 승부를 거는 사람이라는 것이다. 진검 승부를 통하여 죽기 살기로 일하는 사람인데 여기에는 사주(社主) 즉, 사장이 이에 속한다는 것이다. 그 다음 목검으로 싸우는 사람인데 여기엔 간부들이 속한다. 목검에는 맞아도 죽지 않으니까 죽지 않을 만큼만 일한다는 것이다. 그 다음이 종이칼로 싸우는 사람인데 여기에는 평사원이 해당한다고 하였다. 초등학교 운동회처럼 건성으로 싸우니 일이 될 리가 없다는 것이다. 이러한 문제는 실제로 우리 삶의 여러 부분에 나타난다. 나에게 직접적인 이익이 남는 일에는 참여하기를 좋아하지만 그렇지 않은 일에는 피할 길만 찾는다. 그러나 성공하는 사람은 무슨 일을 하든지 눈을 속여 사람만 즐겁게 하는 자가 되어서는 안 된다. 보이지 않지만 하나님을 기쁘게 하고 보이지 않는 곳에 있는 회사의 사장을 생각하는 사람들이 되어야 한다.

　무엇이든 나의 일처럼 하는 사람은 태도부터가 다르다.

30. 계획을 세우지 마라

세상은 너무 빠르게 변해서 절대 예상대로 되지 않는다. 대신 뭔가 새로운 것을 배우고 새로운 것을 시도 해보라. 그래서 멋진 실수를 해보라! 실수는 자산이다. 대신 어리석은 실수를 반복하지 말고 멋진 실수를 통해 배워라. 다니엘핑크가 한 말이다. 청춘의 때에 가능한 것이 실수이고 경험이다. 40대를 당신의 청춘 나이로 산정하라. 그리고 다시 도전하고 부딪히는 것을 겁내지 말라.

우리 인생(평균수명 90살)을 하루 24시간으로 봤을 때 현재 나이 42살은 이제 겨우 오전 10시 반에 지나지 않는다고 할 수 있다. 오전 10시 반이면 이제 아침 먹고 한 숨 쉴 시간이니 아직은 매우 이른 시간이다. 그러니까 청춘이다.

아프니까 청춘이다에 나오는 이야기다. 몇 가지 새겨 둘 필요가 있어 옮겨본다.

- 앞 다투어 모여드는 곳에는 절대 가지 마라, 아무도 가지 않은 곳으로 가라.
- "돈을 위해 열정적으로 일한 것이 아니라, 열정적으로 일했더니 돈이 생겨 있더라." -스티브잡스, 애플 CEO
- 꽃은 저마다 피는 계절이 다르다. 그대, 좌절했는가? 친구들은 승승장구하고 있는데, 그대만 잉여의 나날을 보내고 있는가? 잊지 마라. 그대라는 꽃이 피는 계절은 따로 있다. 아직 그 때가 되지 않았을 뿐이다.
- 너무 일찍 출세하면 나태해지고 오만해지기 쉽다.

- 중요한 것은 얼마나 빨리 가느냐가 아니다. 마지막에 어떤 꿈을 이룰 수 있느냐다.

- 바람직한 자세는 화살과 종이배 사이 어디쯤 있을 것이다. 하지만 변함없이 중요한 사실이 있다. 자기 자신을 직면하는 시간이 필요하다는 것. 나와 나 사이에 아무것도 끼어들게 하지 말고, 자신의 맨얼굴을 정면으로 응시하는 시간이 필요하다.

- 20대 초중반에는 재테크를 시작하지 않았으면 좋겠다고 생각한다. 이때는 종잣돈이 아니라 인생의 경쟁력을 비축해야 하는 시기다.? 나의 실력에 투자하는 것이 가장 확실한 재테크다.

04군인

31. 평준화에 휩쓸리지 말라

40대는 평준화가 시작되는 시기이다. 어렸을 적에야 모든 게 부럽고 동경의 대상이지만 신은 공평하여 삶의 여정이 깊어지면서 점점 그 격차를 줄여주는 것 같다.

전경일씨가 쓴 '마흔을 산다는 것'이란 글의 중간에 보면 인생의 평준화 법칙이 나온다. 참 공감된다고 생각했다.

누구나 나이가 들면 생각이 깊어지고 많아진다. 그런 면에서 보면 40대에 들어서는 사람이 꼭 읽어야할 글이라고 생각한다. 여기 잠시 그 글을 옮겨본다.

평준화의 법칙

40대/ 욕망의 평준화 : 누구나 사회적 성공을 위해 발버둥치며 달려간다. 처자식을 먹여 살리기 위해, 다가오는 노년을 준비하기 위해 가장 왕성하게 뛰는 이 나이는 욕망과 책임의 평준화 연령이다.

50대/ 지식의 평준화 : 명문대를 졸업한 사람이나 초등학교밖에 다니지 못한 사람이나 아는 게 다 그게 그거다. 살면서 얻는 지식이란 게 다 그렇고 그런 것 아닌가?

60대/ 외모의 평준화 : 미스코리아 출신이나 식당아줌마나 그 얼굴이 그 얼굴이다. 나이 들면 화장하고 분 발라도 윤기가 흐르지 않는 건 마찬가지다.

70대/ 성의 평준화 : 남편이 있으나 없으나, 아내가 있으나 없으나 성관계는 그리 중요한 문제가 아니다.

80대/ 부의 평준화 : 있는 자나 없는 자나 먹고 사는 게 별 차이가 없다. 하루 세끼면 족하다.

90대/ 생상의 평준화 : 죽은 자와 산 자의 경계가 모호해진다. 살았다고 죽은 자보다 별로 나을 게 없으며 살아있어도 죽은 것만 못하다.

100세 이상/ 자연속의 평준화 : 모두 죽으면 한 줌의 흙으로 변하여 누구나 자연 그대로의 모습이다.

그래도 이게 어딘가? 인생 60이면 살만큼 살았다고 하던 시대에서 이제 100세를 이야기하는 시대가 되었으니 말이다.

하지만 모든 생물에겐 회춘의 기회가 있다. 솔개 중 한 종류는 변신을 통해 자신의 수명을 두 배로 살기도 한다.

솔개는 매목 수리과에 해당하고 부리가 기역자로 날카롭게 구부러져 있다. 몸의 크기는 약 60Cm 정도이다. 가만히 살펴보면 독수리를 축소시켜 놓은 모양을 하고 있다. 부리 끝이 바늘처럼 날카롭고 눈은 동그랗고 예리한 빛을 발산한다. 그리고 발톱도 칼날처럼 매섭다. 주로 들쥐, 뱀, 개구리 같은 것들을 먹고 산다.

시력이 얼마나 좋은지 8Km 떨어진 곳에 있는 먹이 감을 볼 수 있다고 한다. 솔개의 눈은 인간의 시력에 20배가 되는 놀라운 기능을 갖고 있다는 것이다. 날개를 활짝 펴고 부드럽게 날아 가다가 목표물이 나타나면 고속도로를 달리는 승용차의 4배 정도의 속도로 급강하해서 먹이를 날렵하게 채어간다.

이 솔개가 40년 정도를 살면 날개도 터부룩하게 무거워지고 부리도 둔해진다. 그 부리가 크게 자라서 가슴까지 닿게 되고 발톱도 그리 날카롭지 않을 정도로 뭉툭해져서 생존의 위기를 맞이한다. 더 이상 하늘을 비행하면서 사냥하는 일이 좀처럼 쉽지 않은 지경에 이르고야 만다. 그 정도로 늙고 둔한 모습으로 바뀌게 된 솔개는 두 가지 중 하나를 선택하지 않으면 안 된다.

첫째는 그냥 늙어서 쓸쓸하게 죽는 길이고, 둘째는 다시 새로운 존재로 거듭나서 멋지게 사는 일이다. 그런데 대부분의 솔개들은 그냥 죽지 않고 새로운 변신의 삶을 추구한다는 것이다. 마치 수도승이 고행의 길을 가듯이 높은 산의 정상에 올라가 부리로 바위를 쪼아서 자신의 부리를 전부 깨뜨려 버린다. 그 끔찍한 도전이 얼마나 아프고 힘들까, 하는 생각이 들기도 한다.

그래도 솔개는 새로운 변신을 위하여 자신의 부리를 매섭게 깨는 일을 멈추지 않는다. 깨지고 부서진 부리가 홀라당 빠져버리면 신기하게도 새싹이 돋아나듯이 그 자리에서 새로운 부리가 자란다. 예리하고 멋진 부리가 나오면 그 다음 작업에 들어간다. 그것은 그 새부리로 자신의 발톱을 하나씩 뽑아내는 일이다.

피가 나고 살이 찢어지는 고통이 오지만 그것을 참고 솔개는 그 발톱을 남김없이 모두 부리로 쪼아서 뽑아낸다. 그러면 날카롭고 깨끗한 발톱이 생긴다. 마지막 작업은 그 부리로 깃털을 한 개씩 뽑아내는 일이다. 발톱을 뽑는 일에 비하면 깃털을 제거하는 일은 식은 죽 먹기다. 깃털이 뽑혀진 자리에서는 새로운 깃털이 다시 돋아나게 마련이다.

그렇게 약 6개월이 지나면 그 솔개는 노인이 아니라 세련되고 멋진 청년처럼 스마트한 솔개로 다시 태어난다. 새롭게 변신한 그 솔개는 그 이후로 약 30년을 더 살게 된다는 이야기다. 참으로 상상을 초월하는 놀라운 솔개의 변신이 아닐 수 없다.

아기로 돌아가 다시 한 번 부끄럽지 않게 새로 시작한 당신은 이미 솔개와 같은 사람이다. 또 학생의 시기를 거쳐 지금 군인의 시기에 접어든 당신은 정말 거듭난 사람이다. 이제 과거의 옛사람을 과감하게 깨어서 벗어 버리고 새로운 나라에 들어가는 마음으로 과감하게 평준화의 틀을 벗어버리기를 바란다.

32. 열린 것이 기회다

　다음 세 사람의 공통점은 무엇일까? 세계 최초로 에베레스트 정상을 정복하고 기록을 세운 셀파인 텐징 노르게이, 태평양을 발견한 페르디난드 마젤란, 세계적인 문호 레오 톨스토이가 <전쟁과 평화>를 6년에 걸쳐 집필한 뒤의 모습에서 이들은 모두 사십대의 인생의 주요한 결과를 만들어 내었다는 것을 알 수 있다. 386으로 대표되는 대한민국 40대, 그들을 가리켜 불행한 세대라고 한다. 하지만 나는 이 말에 반대한다. 왜냐하면 가장 많은 기회가 열려있는 세대이기 때문이다. 그 이유를 간략하게 두 가지만 제시 하겠다.

　지금의 40대들은 가장 많은 경험을 가지고 있다. 축적된 경험은 노하우를 만든다. 그들은 아버지 전쟁세대와 일본의 식민지 세대에 대해 어느 정도 들어서 지식을 가지고 있다. 그뿐인가? 20대에는 '민주주의'를 외치며 거리에서 청춘을 보냈고, 30대에는 IMF를 맞아 '조기퇴직'이라는 경험도 해보았다. 말 그대로 산전수전에 공중전까지 다 겪은 세대이다. 지금이라도 남극의 동토에 데려다 놓으면 냉장고를 팔 수 있고, 열사의 나라 사우디에 가서 오리털 파커를 팔 수 있었던 세대이다. 그만큼 굴곡지고 변화무쌍한 삶을 살아오면서 희망을 잃지 않으려는 대한민국의 40대들은 지금 어디에서 무엇을 하고 있을까?

　마음이 늙어버렸기 때문에 스스로 가장 좋은 기회를 가졌으면서도 가장 많은 고민을 한다. 스스로 낀 세대니 어정쩡한 세대, 진화와 도태 사이에 있는 세대, 가랑이가 찢어지는 세대, 정년퇴직이 없는 세대, 안정과 변화에 대한 욕구를 동시에 갖고 있는 모순된 세대… 이런 말들을 해대면서 자조한다. 아니다 그들만큼 경륜을 몸으로 체득한 세대가 있는가? 식민지와 해방세대, 6?25 세대는 경륜이 많으나 그것을 소화하고 재해석할 고등 및 대학교육을 제대로 못 받았다. 그러다보니 부가가치가 낮은 일만 할 수밖에 없었다.

농사, 노동, 광부, 이런 것들만이 우리 아버지 세대들이 할 수 있었던 일이었다. 하지만 그들의 자녀인 40대는 그렇지 않다. 물론 경우에 따라서는 이런 일도 할 수 있겠지만 무엇보다 중요한 지적인 훈련이 되어 있기 때문에 경쟁력이 높다는 말이다. 그러니 얼마나 축복받은 세대인가? 생각을 바꾸면 위기는 기회가 된다.

33. 희망은 믿는 자에게 보인다

"20대의 사랑과 30대의 뜨거운 열정은 가슴 속에 추억으로 간직하라" "의료기술의 발전으로 인해, 머잖아 늙은 청년의 시대가 올 것"이다. 40대는 제2의 삶을 준비하는 터닝포인트이다. 따라서 어떻게 준비하느냐에 따라 남은 생의 행복이 결정된다. 언젠가 마흔 세대를 위한 책에서 읽은 글귀이다.

"서른은 이십대에 못다 핀 열정을 추억하고 마흔은 온전하지 못했던 삼십대를 추모한다면, 오십대는 더 늙지 않았던 사십대를 회고한다고 한다. 그러나 아직 푸른 젊음을 가질 수 있다는 것에, 아직 할 일이 많은 것에 감사하고, 여전히 뜨겁게 달아오를 수 있는 열정의 불씨가 남아 있음을 감사하자"고 그 책은 힘겨운 삶을 살아가는 마흔의 가장들을 다독여준다.

"아직은 시퍼렇게 살아 있고, 펄펄 뛸 수 있다고 믿는 나이이기에 나는 생활전선에 울려 퍼지는 전쟁과 평화의 의미를 이 나이에는 진정으로 깨닫고 싶다. 그것이 아무리 치열한 전장이라도 멀찌감치 떨어져서 수수 방관하는 구경꾼이 아니라 때론 전우도 만나고, 때론 적과도 조우하며 이 곳을 지키고 싶다. 그래야 후방에 있는 처자식은 따뜻하게 이 겨울을 보낼 수 있을 테니까. 오늘은 집에 들어가면 아이들 얼굴을 쓰다듬고 싶은 생각에 조바심이 난다."

바로, 60년대생 마흔 아빠들의 마음은 모두 이와 같으리라. 다시는 돌아오지 않을 사십대를 위해 비록 예전처럼 빨리 달리지는 못해도 이제는 천천히, 꾸준히 달리는 삶의 자세를 가지자고 이 책은 마흔의 미래를 향한 희망의 메시지를 보낸다.

34. 절대 포기란 없다

통점이기도 하다. 한 목사님께서 포기하지 않은 사람들에 대하여 설교를 하고 있었다. "여러분 에디슨을 아십니까?" 그러자 사람들은 안다고 "예" 라고 대답했다. 그는 발명품이 완성될 때까지 포기하지 않았던 사람이다. 또 물었다. "여러분 라이트 형제를 아십니까?" 그러자 또 "네"라고 대답 했다. "여러분 그도 비행기를 만들 때까지 포기하지 않았습니다." 그리고 목사님은 "엘렉스를 아십니까?"라고 물었다. 그러자 교인들 가운데는 졸 든 사람 몇몇이 얼떨결에 "예"라고 대답을 한다. 하지만 대부분의 사람들 은 어리둥절했다. 도대체 엘렉스가 누구인가? "여러분 엘렉스라는 사람 은 에디슨의 연구실에서 일을 돕다가 포기하고 나간 사람입니다. 포기한

엘렉스는 아무도 그를 알지 못합니다.” 새로운 인생의 준비를 시작하는 여러분, “사람이 무엇으로 심든지 그대로 거두게 됩니다.” 오늘은 눈물로 씨를 뿌려야 할 때 이다.

사람에게 있어서 가장 무서운 것 중의 하나가 ‘절망’이다. ‘페스트’라는 무서운 전염병으로 전 구라파가 온통 공포에 휩싸여 있을 때에 어느 마을에 이 페스트균을 전염시키려고 악마가 들어갔는데, 그 때 교회 신부가 이를 강력하게 저지를 하자 악마는 500명만 희생시키겠다고 약속을 하였는데 결국 1,000명이 죽게 되었다. 이에 신부가 악마에게 항의를 하자 악마가 대답하기를 나머지 500명은 페스트 균 때문에 죽은 것이 아니라 절망과 두려움 때문에 놀라서 죽은 것이라고 말했다. 절망과 두려움에 대한 풍자이다.

35. 조 지라드 법칙을 터득하라

　세계 제2의 자동차 판매왕 조 지라드는 고객관리의 원리를 터득하여 기네스북에 오를 정도의 놀라운 판매실적을 올렸다. 어느 날 놀이공원에서 허니문카 앞에 서 있는데, 그 때 옆에 있던 한 아이가 울며 보챈다. 어머니는 "얘, 지난번에도 탔잖아." 하면서 아이를 달랜다. 하지만 떼를 쓰기 시작하는 아이를 이길 재간이 없었다. 결국 허니문카에 올라타서야 조용해졌다. 그는 "그래, 판매도 허니문카나 같다. 한 번 탔다고 해서 다시 안타지는 않는다. 언제든 다시 타고 싶어 한다." 조 지라드가 평범했었다면 그의 생각도 여기까지 밖에 미치지 못했을 것이다. 하지만 자기에게 자동차를 샀던 고객이 차를 다시 사고 싶어 할 때, 꼭 자기에게 찾아온다는 보장은 없는 것과 같다. 한 번 자기에게 차를 샀던 고객을 다시 자기에게 부르는 것, 그것이 바로 판매의 비결이다.

　그는 고객카드를 놓고 한 사람에게 1년에 무려 12번의 안부편지를 보내는 성의를 다했다. 결과는 대성공이었다. 처음 물건을 팔 때는 친절과 성의를 다한다. 그러나 팔고 난 뒤에는 소홀해진다. 기존의 고객을 관리하기보다 새로운 고객을 찾기에만 열심이다. 하지만 조 지라드는 다시 찾아오도록 고객과 최소 5년 동안 관계를 유지했다. 그래서 250의 법칙을 적용했다. "고객이 고객을 부르기"때문이다. 한 사람의 고객에게 친절과 서비스를 베풀면 그 고객이 다시 다른 고객을 불러온다는 것이다. 고객 한 사람을 보기를 250명 보듯 해야 한다는 것이다. 이런 방법으로 혼자서 무려 1만 3천 1대의 자동차를 팔아 기네스북에 실렸던 것이다.

　어느 날 그는 한 모임에 참석했더니 그 모임에 사람이 약 250명이었다고 한다. 그리고 또 다른 모임에 갔다. 그랬더니 그 모임의 참석인원 역시 250명 정도였다. 다른 세일즈맨 같았으면 무심코 지나쳤을 터이지만 조 지라드 만은 달랐다. <250명>이란 공통숫자에 비상한 관심을 두기 시작한 것이다. 그래서 조 지라드는 수많은 사람들과 모임에 참석해서 과연 250명이란 숫자가 공통된 의미를 갖는가 살펴보았다. 그 결과 조 지라드는 한 사람의 인간관계 범위가 250명이나 된다는 사실을 알아냈던 것이다. 한 사람을 고객으로 만들면 그 사람으로 인하여 250명에게 팔 수 있다.

36. 잭팟이 조금 늦게 터지는 수도 있다

　　미국 허리우드에 영화제작회사 사장의 이야기이다. 한때는 몇 편의 영화로 돈도 많이 벌었지만, 계속된 실패로 파산하기 일보직전에 놓였다. 마지막으로 재산을 다 긁어모아, 아프리카를 배경으로 한 영화를 제작한다. 그러나 이 사장이 고용한 감독은 불행히도 다큐멘터리, 즉 기록영화 전문이었다. 아름다운 아프리카의 로맨스를 그리려던 당초의 기대는 빗나갔고 영화는 엄청난 실패 속에 끝난다. 제작자는 빚더미에 올라앉았고 영화 가에서 완전히 매장될 형편에 놓인다. 바로 그 때, 자신의 실패가 도저히 믿겨 지지 않던 그 제작자는 싸구려 호텔에 틀어 박혀 자신이 왜 실패했나를 다시 살핀다. 그리고는 번쩍이는 영감을 얻어냈다. 비록 실패했지만, 그는 자기가 아프리카에서 갖은 고생 끝에 찍어온 필름 속에 엄청난 재산이 숨겨져 있다는 사실을 발견한 것이다. 그래서 그는 아프리카의 동물과 사막, 원주민들을 찍은 필름을 다른 제작자들에게 쪼게 팔 아이디어를 떠올렸다. 그 생각은 적중해서 막대한 비용으로 아프리카로 가려던 영화제작자들이 그 필름들을 사려고 몰려든다. 결국 그는 재기에 성공했고 멋진 한편의 인생역전을 실현시켰다.

　　이 이야기가 아니더라도 한두 번의 실패에 등 돌리지 말라. 오히려 그 실패 속에 감춰진 엄청난 재산을 찾아내야 한다. 우리의 삶도 그렇다. 신은 우리를 인도하심에 있어 실수가 없다. 병든 조개만이 진주를 품는다. 불에 달군 쇠가 단단하듯 시련을 격은 사람이 큰 성공을 약속 받는다.

　　일본에서 있었던 이야기이다. 한 광고회사에서 아르바이트생을 고용하여 광고 카피를 맡겼다. 물론 처음부터 큰 기대는 하지 않았다. 소질만 발견된다면 채용해서 교육을 시킨다는 생각에서였다. 그런데 이변이 일어났다. 한 학생이 작성한 광고 문안이 기존 카피라이터보다 훨씬 좋았다. 사장은 당장 정식 채용하겠다고 했다. 보수도 넉넉히 주었다. 계속 많은 관심을 기울이며 지켜본다. 그러나 사장은 곧 실망한다. 재질이 특출한 것으로 인정했던 그가 회사에 정식 채용되자 그토록 독창적이던 카피가 나와 주지 않는 것이었다.

그에 대한 기대가 컸었기 때문에 사장은 그 때까지도 미련을 버리지 못하고 사람을 시켜 학생의 생활환경을 세심히 알아보았다. 그랬더니 다 찌그러져 가는 판자 집에서 부양해야 되는 가족도 많다는 사실을 알았다. 회사의 아르바이트를 하지 않을 수 없는 절박한 환경에 있었다. 이를 안 사장의 뇌리에 하나의 영감이 떠올랐다. 사장은 "여보게, 자네는 오늘부터 예전처럼 아르바이트로 우리 일을 해주게. 좋은 카피는 언제나 받아들이지." 결국 다시 아르바이트로서 광고 문안을 작성한다. 생활은 예전처럼 어려워졌다. 그러자 학생은 다시 전과 같은 놀라운 재능을 발휘한다. 그 결과 일본 상업계에 손꼽히는 카피라이터로 발군의 재능을 보였다.

이처럼 시련이 사람을 만든다. 그래서 어떤 여성 작가는 "벼랑 끝에 나를 세워라"는 글을 썼다. 시련이 당신을 만든다.

37. 성공했다고 과시하지 말라

　미국의 흑인들이 돈을 벌면 제일 먼저 사는 것이 캐딜락이라고 한다. 이들에게 자동차는 가장 매력적인 자기 과시의 상징이다. 그 중에도 캐딜락은 부의 상징으로 보이기 때문이다. 그래서 남들이 어떻게 생각하건 캐딜락을 끌고 다니면서 왕이 된 느낌을 갖는 것이다. 이들에게는 아무리 다른 것을 많이 주어도 절대로 만족이 되지 않는 법이다. 일단 캐딜락을 가져야 그 다음에 다른 것들이 만족이 되기 시작한다고 볼 수 있다.

　이런 현상은 우리나라 사람들도 비슷하다. 일단 외형적으로 최고의 것을 가져다 놓아야 부자가 되고 귀족이 된 느낌을 가지는 사람들이 많다는 것이다. 그래서 비싼 것을 사서 집에 전시하려 한다. 이것이 거품이다. 지나간 날 우리가 당한 IMF의 충격은 이렇게 해서 시작 된 것이다. 또

2002년 카드대란은 이 병이 청년들에게도 나타날 수 있음을 보여 준 것이다.

이에 비해서 중국 사람들은 정 반대이다. 아무리 부자라도 외모로는 절대로 티를 내지 않는다. 부자인지 아닌지 겉으로는 절대로 알 수 없다는 것이다. 그러나 외면에 나타나건 않건 재산을 부로 보고 의지하는 것은 사람들에게 공통적인 것이다. 하지만 그것 말고도 의지할 것은 세상에 많이 있다. 사람들은 명예나 친구를 신뢰하기도 한다. 어떤 사람들은 자기의 기술과 신용을 신뢰하기도 한다. 재산에 덧붙여져서 이런 것들이 중요한 의지 대상이기는 할 것이다. 하지만 사실상 이런 것들이 얼마나 불안한 대상인가?

진정한 성공자는 성공했다고 해도 겸손으로 다시금 올라가야 할 정상을 쳐다보는 자이다.

38. 브레이크를 점검하라

30년이란 긴 세월을 무사고로 운전하여 표창장을 받는 모범 운전기사에게 한 신문기자가 그 비결을 물었다. 그러자 모범기사의 대답인즉 "나는 항상 마음의 브레이크를 밟았다."는 한 마디로 30년 무사고의 비결을 말하더라는 것이다. "마음의 브레이크를 밟았다!" 이 얼마나 적절한 표현일까? 그 운전기사도 사람인 이상 때로는 액셀러레이터를 강하게 밟고 싶은 충동을 느꼈을 것이다. 급한 일로 채근하는 승객들 때문에 아니면 수입을 올리기 위해서 남보다 더 빨리 달려야만 할 때도 있었을 것이다. 그런데도 그 모범기사는 그런 충동을 이겨내고 자기를 절제하는데 성공했던 것이었다.

우리의 과욕은 항상 화를 불러온다. 좋은 음식도 지나치면 탈이 나듯이, 욕심과 유혹도 마찬가지이다. 더 빨리, 더 강하게, 더 높게 만을 강요하는 우리 사회에서 <마음의 브레이크>를 밟을 수 있는 자기절제란 사실 쉬운 일은 아니다. 빠르게 달리는 차를 타고 있으면 빠른 속도가 주는 쾌감 때문에 남을 앞지른다는 우월감 때문에 쉽게 속도를 떨어뜨리지 못한다. 경우에 따라 속도감각을 잃어버릴 때도 있다. 마음의 브레이크를 밟을 수 있는 절제와 여유를 가져야 하는 이유가 바로 여기에 있다.

브레이크를 한 번 밟을 때마다 한 번쯤 자신의 위치를 살피는 그런 차분함을 가져야겠다. 요즘 흔히 말하는 '웰빙'이 마음 브레이크를 밟는 운동이다.

죠지 버너가 쓴 <21세기를 붙잡아라> 라는 책에 나오는 개구리 이야기를 소개해 본다. 본래 이 책의 이름은 "Frog in the Kittel"입니다. '솥 안의 개구리'라는 말이다. 개구리를 뜨거운 물이 있는 솥에 집어넣으면 곧 튀어나오게 된다. 그러나 따뜻한 물이 담겨 있는 솥 안에 넣으면 개구리는 안락함 속에서 즐기게 된다. 이 때 서서히 물을 덥히면 개구리는 만족하게 편안함을 느끼다가 더 온도를 높이게 되면 삶아져서 죽게 된다. 정확하게 1분에 0.25도씩 물을 데워 나가면 개구리는 조금도 요동치지 않고 그대로 물에 삶아져 죽게 된다.

편안함과 쾌락의 잠을 좋아하다가 큰 일을 당한 사람들이 많이 있다. 너무 급하게 사는 사람에게는 마음의 브레이크를 밟는 것이 '웰빙'이라면 나태하고 안일한 삶속에 빠져있는 사람은 도전하는 삶이 '웰빙'이다. 이처럼 '웰빙'도 사람에 따라 적용이 다르다.

39. 실패가 아니라 시련이다

    소설도 아니고 수필도 아니고 일기를 통해 아들을 잃은 아픔을 썼다. <꼴찌에게 보내는 갈채>라는 책으로 잘 알려진 소설가 박완서씨 이야기이다. 올림픽으로 온 나라가 들썩거리던 1988년 25살 된 아들을 잃었다. 다섯 중에 아들로서는 하나밖에 없는 자식을 먼저 떠나보내고 그 충격을 일기로 모았다가 출판사의 간곡한 부탁으로 활자화되어 <한 말씀만 하소서>라는 제목으로 책을 내 놓았던 것이다.

    신앙인이 아니었지만. 아들을 떠나보내면서 절규하듯이 하나님께 매달린다. 그녀의 표현을 빌면 하나님은 제아무리 독한 저주에도 애타는 질문에도 대답이 없었고 오히려 잠잠하기만 한 무심한 신이라는 것이었다. 그러나 이 아픔에 대해 신으로서 창조주로서 무언가 애미한테 말씀은 한 마디 해주셔야 하지 않느냐고 절규하는 것이다. 하나님을 향하여 급기야 "한 말씀만 해 달라"고 부르짖었다. 그럼에도 그 아들 원태는 25년 5개월 만에 이 세상을 떠났다. 정신은 황폐해졌고 무심한 하나님에 대하여 원망을 하였다. 하나님도 실수를 했다고 치부하며 잊으려 애썼지만 잊어지지 않는 것이 자식이라던가? 한참이 지난 후에, 사람의 죽음 앞에 아무 말이 없는 그 분의 전능하심 앞에 무릎을 꿇게 되었고 결국 고난을 감당하기에 이른 자신의 심경을 처절하게 그리고 있다. 그녀는 말한다. "제 자신의 경우 고통은 극복되지 않았습니다. 그러나 고통과 더불어 살 수 있게는 되었습니다."

    그렇다. 우리가 어떤 신앙을 가지게 된다고 해서 고통이 면제 되는 것이 아니라는 것이다. 다만 신이 있다면 신이 만든 이 세상 안에서 그 의미를 찾다보면 그 고통을 이길 힘을 얻게 되는 것일 뿐이다.

40. 틈 싸움보다 산을 찾으라

오스카 와일드는 "나는 유혹만 빼놓고 어떤 것이든 저항할 수 있다"고 했다. 유혹을 물리치기란, 그만큼 어렵다는 뜻이다. 최초의 여인 하와도 뱀의 달콤한 유혹을 뿌리칠 수 없었다. 뱀은 여인과 함께 있으면서 넘어뜨렸다.

안데르센의 동화에 분홍 신이라는 이야기가 있다. 마술사가 만든 분홍 신이 있는데, 그 신발은 누구든지 한 번 신기만 하면 죽을 때까지 춤을 출 수밖에 없는 마법의 신발이다. 한 소녀가 그 신발의 아름다움을 보고 호기심에 이끌려 신발을 신게 된다. 분홍 신을 신은 소녀는 춤을 추기 시작했다. 얼마나 날렵하게 춤이 춰 지는지 정말 황홀했다. 화려한 거리에서 수많은 청년들로부터 찬사를 받았다.

소녀가 자기 집 문 앞에 와서도 춤을 추는 것을 본 어머니가 "이제 그만 춤을 멈추고 입으로 들어오라"고 애원했지만 분홍신의 마력은 소녀를 어디론가 끌고 갔다. 소녀는 계속해서 춤을 추다가 지쳐서 쓰러져 죽고 말았다. 그 마력의 분홍 신을 신지 않았어야 했다. 한 번 발을 들여놓은 소녀는 결국 발을 빼지 못하고 죽은 것이다.

2002년 카드대란의 주범은 잘못된 접대문화가 한 몫을 했다. 그리고 법인 카드는 눈먼 돈이었다. 접대라는 명목 하에 너도 즐기고 나도 즐기자는 심리가 작용했다. 그러므로 잘 나갈 때 조심해야 한다.

노자는 이런 말을 했다. "너무 아름답고 좋은 것은 불길함의 징조다." 사마천이 지은 사기에 보면 하늘이 내린 명의라는 편작이라는 의원이 나오는데, 이 편작은 못 고치는 병이 없었고 심지어 방금 전에 죽은 나라의 태자까지 살려낼 정도였다. 그러니 당시 편작의 의술이나 인기는 하늘을

찌를 듯 했다. 그러나 너무 뛰어난 인기는 재주 없는 사람들의 질투를 불러일으키는 법이기에, 편작의 의술을 시기한 진나라의 시종의인 이혜에 의해, 그가 보낸 자객의 칼날에 세상을 떠나고 만다. 사마천은 편작의 죽음에 대해 이야기하면서 이렇게 글을 맺는다. "여자는 얼굴이 곱든 밉든 궁중에 있으면 질투를 받게 되고, 선비는 똑똑하든 그렇지 않든 조정에 있으면 의심을 받는다. 편작은 그 신기한 의술 때문에 결국 죽고 말았다." 재주가 너무 뛰어나면 세상으로부터 질투를 받는다. 마찬가지로 지나치게 유흥문화에 빠져들면 인생을 망치게 된다.

한 번 발을 디뎌놓으면 발을 빼기가 힘든 것이 밤의 유흥 문화이다.

"새벽형 인간" "아침형 인간"이 되어야 할 이유가 밤의 유흥문화를 멀리하기 위해서이다.

일찍 귀가하여 남다르게 자신을 다듬는 데에 투자해도 추월하기 힘든 것이 세상임을 안다면 이 땅의 아버지들이 좀 더 경건해져야 할 필요가 있다.

05 장군

41. 용기백배해라

　오늘날 우리에게도 이런 용기가 필요하다. 중단할 수 없는 담대함이 있어야 한다. 이것이 우리를 변화시키려는 신의 요구사항이다.

　덴마크의 아동문학가인 안데르센은 가난한 집에서 태어나 초등학교도 다녀보지 못했다. 2살 때 아버지가 세상을 떠난 후 그는 어머니를 모시고 살면서 "어머니, 제가 꼭 출세해서 어머니를 기쁘게 해 드릴게요."라고 말하곤 했다. 그는 연극배우가 되고 싶어서 셰익스피어의 작품을 열심히 읽었다. 코펜하겐의 한 극장에 찾아가 엑스트라라도 써 달라고 했더니 엑스트라가 아니라 심부름꾼으로 취직이 되었다. 그래서 그는 글을 써서 남에게 보였더니 이게 무슨 희곡이냐면서 비난을 받았다. 그러나 그는 최악의 조건 가운데서도 작품을 쓰기 위해 문장을 연구하고 문학을 독학하기 시작했다. 그리고 그의 작품이 코펜하겐에서 공연되었을 때 큰 인기를 얻게 되었다. 결국 그는 세계제일의 아동문학가가 되었다.

　안데르센은 최악의 조건을 위대한 기회로 삼았던 것이다. 그렇다. 나쁜 환경이나 부족한 자질이 실패할 수밖에 없는 사람들에게는 절망시키는 도구이지만 이 세상을 변화시켜 나갈 우리들에게는 바로 우리를 더 자극하고 격려하는 도구들이 됨을 믿길 바란다. 그렇다. 믿음이 있는 사람은 최악의 조건도 최상의 조건으로 만들어 낸다.

무선통신기를 처음 발명한 굴리엘모 마르코니는 '다락방 실험'후 아버지에게 핀잔만 들었다. 전화기도 신기하기만 하던 당시, 21세 청년은 요즘 시쳇말로 '사오정' 취급을 받았다.

1895년 12월 마르코니는 어머니를 모시고 다락방으로 올라갔다. 최초의 무선 송수신기를 선보이는 순간이었다. 한쪽 구석에 조잡한 전파 송신기, 다른 쪽 구석엔 수신기가 약 9m 거리로 놓여 있고 수신기에는 전동식 전화기에 붙어있는 것과 같은 종이 하나 달려 있었다. 어머니가 보는 앞에서 스위치를 눌렀더니 종이 울렸다. 전선으로 연결되지 않은 수신기가 송신기 전자기파를 감지, '통신'이 이뤄진 것이다. 어머니는 진지한 관심을 보이며 격려해줬지만, 다락방 아래서 소식을 전해들은 아버지는 냉담하기만 했다.

이듬해 봄 실험장소가 다락방에서 정원으로 옮겨졌다. 20m로 거리를 늘려 교신에 성공했다. 그 때까지 코웃음만 치던 아버지가 돈을 쏟아 붓기 시작했다. 결국 그의 연구는 각고의 노력 끝에 열매를 거두었고, 몇 년 후 2,200여명이 탑승한 타이타닉 호가 침몰, 1,500여명이 사망하는 인류사상 '대재앙'이 일어났지만, 이 사고는 해난 구조 사에도 남을만한 '사건'으로 기록 되게 되었다. 왜냐하면 무선 구조요청 덕분에 711명이 구조될 수 있었기 때문이다.

성공을 위해 가는 지름길이 고난이다. 고난이 심해지면 눈앞에 성공이 있음을 잊지 말라. 이것은 이미 역사상 검증된 진리이다. 가장 오래되었다는 히브리인의 지혜가 담겨있다는 전도서에는 "형통할 때는 기뻐하

고 곤고할 때는 생각하라 하나님이 이 두 가지를 병행하게 하사 사람으로
능히 그 장래 일을 모르게 하셨느니라”고 하였다.

42. 장군은 지혜로 병사들을 이끈다

지식과 지혜는 전혀 다른 차원이다. 기업의 경영이 지식만으로 가능하다면 최고경영자는 경영학 박사가 가장 적격이겠지만 사실은 구멍가게 경영도 프로근성과 지혜를 나름대로 가져야 가능한 것임을 알아야 한다. 지식은 배운 것을 말하며 머릿속에서 기억나거나 컴퓨터에 입력해 두면 언제든지 활용할 수 있는 반면에, 지혜(전략적 판단, 리더십, 창조력)는 가르칠 수 없는 것이고 남한테 배우지도 못하며 스스로 깨우쳐야만 한다.

일본의 『소니』에서는 발상력과 창조력이 있느냐 하는 것을 독자적으로 체크하기 위해서 입사지원서의 이력난에 학력을 쓰지 않고 있으며, 『혼다』에서는 면접시험장에 음악을 흘려보내서 가장 정감 있게 몸을 흔드는 사람을 우선적으로 채용하는 경우도 있을 정도이다. 오늘날과 같이 복잡다난한 현대사회에 있어서 경영자에게는 상식과 지식의 범위도 문제가 된다.

예컨대, 총 자산이나 부채, 유동자산, 종합소득세 등의 개념은 이제 경영자에게는 상식이 되어야 하는데 아직도 지식의 개념으로 남아있는 수가 적지 않다. 따라서 앞으로 회사의 경영자나 관리자가 되려면 많이 배우고 시야를 넓혀 스스로 판단하며 책임지고 결정할 수 있는 지혜를 지녀야 한다. 경영전반에 대한 마인드는 이제 경영자만이 가져야할 자질이 아니라 모든 평사원도 가져야할 자질이다. 그리고 이러한 경영전반에 대한 안목을 우리 삶에 적용해 본다면 성공이란 단순히 물질적인 부요함만을 말하는 것이 아님을 알아야 한다. 성공은 오늘 여기서 내가 어떻게 사느냐가 더욱 중요하다는 것이다.

내가 아는 사람 중에 '사우나 업'으로 성공한 사람이 있다. 이 사람의 성공 발판은 근면과 성실이었다. '사우나'가 '목욕탕'이던 시절, 말 그대로 밑바닥에서부터 고생하며 기업을 일구어 내었다. 그는 그 옛날 목욕탕 보일러에 나무를 때던 시절. 양복을 입고 길을 걸어가다가 길거리에 버려진 나무나 땔감을 보면 넥타이를 풀어 묶어 가지고 갈만큼 알뜰살뜰했다.

그런데 얼마 전 수억 원에 달하는 소득세를 추정 당했다. 수십억 원의 자산가임에도 불구하고 고급 세단을 타기가 아까워 LPG승합차만 타고 다니며 아끼던 사람이 세금을 줄여 신고했다가 많은 세금을 추징당했으니 그 속이 얼마나 쓰렸을까?

그러나 알다시피 종합 소득세는 기부나 헌금을 하면 전액 인정받는다. 그래서 구미에서는 일정량 이상의 기부나 헌금이 일상화 되어 있는 것이다. 지혜로 병사를 이끌면 서로가 행복하다.

43. 중요한 것을 하라

　한 제자가 수 년 동안 혹독한 수련을 끝내고 마침내 스승으로부터 검은 띠를 수여 받는 날이 왔다. 스승은 제자에게 말하였다. "내가 너에게 검은 띠를 매어주기 전에 한 가지 시험이 남아 있다."고 하였다. 제자는 그 동안 배운 것을 총 정리하는 마지막 대련이 있는가보다 하고 "스승님, 시작하십시오." 힘차게 말하였다. 그 시험은 대련이 아니었다.

　스승 : 검은 띠의 진정한 의미가 무엇이냐?

　제자 : 저의 수련 과정의 마침이며, 스승님의 모든 절기를 전수 받았다는 의미로 알고 있습니다.

　스승 : 너는 아직 검은 띠를 맬 자격이 없다. 내년에 다시 오너라.

일 년 후

　스승 : 검은 띠의 진정한 의미가 무엇이냐?

제자 : 스승님의 뛰어난 이 무술을 후학들에게 잘 전수하고, 우리 무술
　　　을 널리 알려 우리 문파의 명예를 더욱 빛내라는 의미라고 생각
　　　합니다.

스승은 한참을 말없이 기다렸다. 스승은 아직 만족스러운 대답을 듣지 못한 것이다. 스승은 그 말도 좋지만 무엇인가 더 핵심 있는 말을 듣기를 원하였다. 하지만 제자로부터 그 이상의 깨달음이 있는 말을 듣지 못하였다. 스승은 섭섭한 표정을 지으면서 내년에 다시 오라고 하였다.

또 일 년 후
스승 : 검은 띠의 진정한 의미가 무엇이냐?
제자 : 검은 띠는 시작을 의미합니다. 자기 극복, 꾸준한 노력, 더욱 높
　　　은 수준의 무술을 이루어 낼 수 있는 기본 자격을 갖추었다는
　　　것을 의미합니다.
스승 : 옳게 말하였다. 바로 그것이다. 검은 띠는 마침이 아니라 시작할
　　　수 있는 자격을 이제 겨우 얻었다는 사실을 의미한다.

"당신의 선조들이나 동시대 사람들보다 더 앞서려고 노력할 필요는 없다. 그러나 지금의 자기 자신보다는 조금 더 나아지려고 노력하라"고 윌리엄 포크너가 말했다.

'겸손'은 사실 양면을 가진 단어이다. '겸손'한 사람은 성공했다고 해도 자만하지 않고 항상 새로운 시작점에서 서 있는 사람이다. 다 이루었다고 하는 시점에 이르러도 '난 아직 배울 것이 남아 있는 사람'이라고 말하는 것이다.

44. 몰입하라

네덜란드에서 아주 규모가 큰 지역정신건강센터의 책임자로 있는 정신의학자 마르텐 데브리스는 자신이 좋아하는 일을 할수록 더욱 행복할 수 있다는 명제를 강하게 시사하는 사례를 보고하고 있다.

병원 당국은 EMS(Experience Sampling Method : 경험추출법)을 통하여 환자들이 하루 종일 어떤 일을 하고, 어떤 생각을 하고, 어떤 느낌을 받는지를 조사하였다. 그 병원에는 12년이 넘도록 심한 정신분열증으로 앓고 있는 여인이 있었다. 심각한 정신질환을 앓고 있는 사람들이 다 그런 것처럼 그 여자도 머리가 산만하고 감정도 무디기가 이를 데 없었다. 의료진은 두 주일의 EMS 조사를 통하여 그 여자가 딱 두 번 만족스러워 하였다는 사실을 알았다. 그것은 두 번 다 그 여자가 손톱을 다듬고 있을 때였다는 사실이다. 의료진은 그 여자가 손톱 다듬기 전문가에게 배울 수 있는 기회를 주선하였다.

그 여자는 그 강의를 열심히 듣고는 얼마 안 가서 병원에 같이 있는 환자들의 손톱을 도맡아서 다듬어주었다. 그 여자는 손톱 다듬기에 몰입하는 동안 자신감을 회복하고, 집중력을 길러나갔다. 마침내 그 여자는 정신분열증에서 벗어나 새 사람이 되었고, 다시 사회생활을 할 수 있게 되었다. 나중에 그 여자는 손톱 다듬는 미용 전문가로 개업하였고 일 년도 못되어 생활 기반을 잡았다.

그 여자가 왜 손톱 다듬기에 매료되었는지는 아무도 모른다. 이런 사례를 정신분석학적으로 이리저리 해석할 수 있겠으나 중요한 것은 그런 해석이 아니다. 여기서 중요한 것은 그 여자가 인생의 어느 단계에서 손톱 다듬는 일을 하면서부터 어렴풋하게나마 몰입을 경험하게 되었다는 사실이다.

사람은 몰입할 때 행복을 느낀다. 그러나 그 몰입은 사람마다 각기 다르다. 위의 여자는 우연히 손톱 다듬기를 통하여 몰입을 경험하였지만 몰입하는 데는 이것이 최고다 하는 것이 정해져 있지 않다. 그러므로 중요한 것은 내가 몰입 할 수 있는 내 나름의 삶의 방식을 발견하는 일이다.

칙센트미하이에 의하면 몰입이란 약간은 힘겨운 과제나 목표를 이루기 위하여 한 사람이 자기 자신의 실력을 온통 쏟아 부을 때 나타나는 현상이다. 몰입의 즐거움이라는 책에서 읽은 것이다.

45. 개혁과 수성의 시기를 파악하라

조참은 한나라 2대 혜제(惠帝)의 재상이었다. 조참은 소하의 부하로서 한 고조를 섬겨 한 고조가 천하 통일하는 데 큰 공을 세운 인물이다. 제위에 오른 한 고조는 제왕학 실습으로 장남 비(肥 훗날의 혜제)를 제왕(齊王)에 봉하고, 그를 보필할 인물로 조참을 제나라 승상으로 파견하였다.

그 후 한 고조가 죽고, 장남 비가 제위에 올라 혜제가 되었다. 그 때까지 제나라 승상으로 외지에 있던 조참은 혜제 2년, 저 유명한 명재상 중의 명재상 소하가 죽었다는 소식을 듣자마자, 황제의 명을 받지도 않은 상황에서 "내 이제 한나라 재상이 되었으니 어서 낙양으로 가야겠다!" 하고 짐을 싸들고 떠났다.

혜제 2년, 소하의 뒤를 이어 한나라 재상이 된 조참은 허구한날 먹고, 마시고, 노래하고 노는 일 밖에 없었다. 자기만 노는 것이 아니라 그 아래 부하들도 모두 노세 노세 젊어 노세 판으로 만들었다. 혹 뜻 있는 선비나 친구들이 조참의 이런 모양을 보고 충고라도 할라치면 조참은 그 낌새를 미리 알아채고, 더욱 질펀한 잔치 자리를 마련하고 먹고 마시고 취하도록 만들어서 입도 벙긋 못하도록 만들었다. 이런 상황을 혹자가 혜제에게 알렸다.

이제 천하의 황제가 된 젊은 혜제는 무엇인가 새롭고 위대한 개혁 정치를 하고 싶은 판인데 명색이 재상이란 사람이 마냥 퍼질러 앉아 놀자판이니 심사가 좋지 않았다. 하여 혜제는 조참을 불렀다. "이보시오. 재상, 내가 이제 황제의 위에 올라 무엇인가 새로운 개혁 정치를 베풀려고 하는 참인데 재상이란 사람이 마냥 노세 노세 하고 앉았으면 어찌 하오?" 책망을 받은 조참이 아뢰기를 "폐하, 전쟁과 군사력 통솔 면에서 폐하와

천하를 통일하신 고조 황제와 비교하면 어떠하다고 생각하십니까?" 혜제는 "내 어찌 감히 고조와 비할 수 있겠소!" 그러자 조참은 "하오면 폐하, 선대의 저 유명한 재상 소하와 저를 비하여 볼 때 누가 더 훌륭하다고 보십니까?" 혜제 왈(曰) "군사불급야(君似不及也), 그걸 말이라고 하는가? 그대는 소하와는 아예 비교조차 안 되는 인물이야!" 라고 하였다.

그러자 조참 왈(曰) "지당하신 말씀입니다. 그처럼 위대한 고조께서 그처럼 위대한 소하와 더불어 천하를 평정하고 법률을 제정하고 질서를 세우시어 만백성이 안정을 얻게 하신 이 나라이옵니다. 오늘 폐하께서는 바로 그런 나라를 물려받은 것이옵고, 신(臣)은 그런 나라를 지킬 소임을 물려받은 것입니다. 개혁, 새것, 혁신 같은 소리는 접으시고 받은 유산을 잘 보존하심이 최상인 줄 아옵니다!". 혜제 왈(曰) '선(善). 군휴의(君休矣) 옳도다, 그대의 말이 정말 맞는 소리로다!"라고 하였다.

보통의 경우 부모로부터 물려받은 재산이나 그 외의 것을 많은 사람들 대부분이 그것을 한 대도 지키지 못하고 날려버리는 경우가 많다. 또 그러한 집의 자손들은 어려서부터 어느 것 하나 아쉬움을 겪어보지 못했다. 그래서 위기에 약한 것이다. 편한 사업만 하려고 한다. 그러다 결국 망하고 만다.

자수성가한 경우라면 수성 할 수 있는 자식을 키워야 좋은 아버지다.

46. 노력이라는 거름이 열매를 낳는다

　미국의 어느 시인이 쓴 시에 이런 것이 있다. 제목은 "Don't be afraid to fail" 즉, 실패를 두려워하지 말라는 것이다. 당신은 기억할 수 없을지 모르지만, 당신은 얼마나 많은 실패를 한 사람인가? 처음, 걸음마를 시작할 때부터 당신은 수천 번도 더 넘어지지 않았는가? 베이브 루드를 보라. 그가 714개의 홈런을 쳤지만 그는 1,330번의 스트라이크 아웃을 당했음을 기억해야 한다. 그가 1,330번 실패할 때마다 그는 그 좌절감을 이기려고 더욱 더 열심히 도전했을 것이다. 성공을 원하는가? 그렇다면 실패를 두려워하지 말아야 한다. 그렇다. 믿음의 사람은 실패를 두려워하지 않는다. 진인사대천명(盡人事待天命)한 뒤에 즉각적인 하늘의 응답이 없어도 하늘의 더 깊은 뜻이 있음을 믿고 기다리며 더 기다려야 한다. "오직 지혜는 성공하기에 유익하니라"고 기록되어진 잠언에는 "무딘 철 연장 날을 날카롭게 갈지 아니하면 힘이 더 드느니라"고 했다. 아직 성공에 이르지

않았다면 하늘이 여러분의 날을 갈려고 단련시키는 중이다. 칼을 갈면서 더 노력하기 바란다.

스토아철학의 창시자 제논은 운명에 대한 순응의 철학을 강조한 것으로 유명하다. 제논은 사람은 운명에 순응해 때로는 인내하고 때로는 체념할 수 있는 지혜를 터득해야 한다고 강조했다. 제논의 운명론에 큰 불만을 가진 젊은 노예가 있었다. 노예는 주인을 골려 주려고 일부러 돈을 훔쳤다. 그리고 곧 발각돼 호된 심문을 당했다. 노예는 제논을 바라보며 당당하게 말했다. "왜 저를 때리십니까. 돈을 훔친 것은 저의 운명이었습니다. 제 운명은 죄를 범할 수밖에 없었습니다. 책임은 바로 그 운명에 있습니다. 저는 운명의 억울한 희생자일 뿐입니다.'제논은 노예의 저항에 다소 움찔했다. 그러나 곧 정신을 수습해 언성을 높여 꾸짖었다. '네 말이 옳다. 나도 너를 때리고 싶어 때리는 것이 아니다. 운명에 의해서 너를 때리는 것뿐이다. 그러니 나를 원망하지 말아라."고 하자 종은 그만 입을 다물고 말았다. 세상에는 자신의 실수나 잘못을 운명의 탓으로 돌리는 사람들이 많이 있다.

하지만 운명도 바꿀 수 있는 것이 노력이다. 운명론에 빠진 개인이나 민족은 신기하게도 경제적 빈곤에 허덕인다. 지구본을 펼쳐 놓고 한 번 살펴보기 바란다. 또 주위의 사람들도 생각해 보기 바란다. 운명론에 빠진 사람은 이내 체념하기 때문이다. 주어진 환경에 순응은 잘하지만 새로운 도전을 꿈꾸지 않기 때문이다. 실패했다면 무딘 칼로 전쟁에 임했기 때문이다. 그렇다면 다시 칼을 갈아야 한다.

47. 체질을 개선하라

　"나는 청년 시절 철야기도회가 강한 교회에서 양육 받았다. 그래서 그런지 철야기도라면 전혀 겁나지 않는다. 그러나 새벽기도 훈련은 거의 받지 못하였다. 그래서 그런지 새벽은 항상 나에게 부담으로 다가왔다. 그러던 중 1998년 미국 남가주 사랑의 교회 새벽기도에 참가한 후 나도 우리 교회에서 새벽기도회를 제대로 하기로 마음먹었다. 그래서 전체 성도의 체질을 새벽으로 바꾸기 전에, 지도자인 나 먼저 스스로 한 달 동안 실험해보아서 새벽의 어려움과 문제점을 파악키로 하였다. 그리하여 새벽 4시 기상을 2시간 앞 당겨 새벽 2시로 하고 나니, 하루 종일 머리가 아팠다. 제 정신이 아닌 생활이 3-4일 계속되었다. 생활 리듬이 바뀔 때 성도들의 상태도 이렇겠구나 하였다. 새벽 2시에 일어나기 위하여서는 우선 8시면 잠자리에 들어야했다. 그 때 깨달은 것이 새벽 싸움은 새벽에 일어나는 싸움이 아니라 저녁에 일찍 자는 싸움인 것을 알았다. 무조건 저녁 8시에 잠들면 일단은 성공이다.

　수요예배가 있는 날 경우, 저녁 10시가 넘어 잠들면 그 다음 날 반드시 무리가 왔다. 그리고 새벽기도 후 피곤하다고 다시 잠자리에 들면 건강, 특히 간에 치명적 손상을 가져온다는 것도 알았다. 생활 리듬을 바꾼지 3-4일이 지나니까 몸이 아픈 것같이 느껴졌다. 그러나 그것은 몸이 아픈 것이 아니라 체질이 변화되는 과정이라는 것을 알았다. 성도들도 새벽기도 체질로 바뀔 때, 4일 째 정도가 제일 힘들겠다는 생각이 들어서 메모를 해두었다. 새벽기도회가 성공하기 위해서는 무조건 저녁 모임을 해산시켜야 함도 알았다. 새벽기도 운동은 단순한 새벽기도 운동이 아니라, 새벽 문화 대 밤 문화 사이의 문화 전쟁이라는 생각이 서서히 들기 시작하였다.

지도력이란 집중해서 할 일이 무엇인가를 명확히 아는 일이요, 다음은 그 목표를 향하여 동원할 수 있는 모든 힘들을 집중시키는 제재력이다. 그러므로 탁월한 지도력을 갖추려면 우선, 목표가 합당하고 명확하여야 한다. 그리고 그 목표를 향하여 전체를 움직이게 만드는 힘이 있어야 한다. 나는 새벽을 살려야 한다는 한 가지 목표를 위하여 내 모든 영향력을 동원하여 밤 문화를 깨야 되며, 새벽에 모일 수 있도록 내 모든 힘을 동원하여 자극해야 함을 알았다. 한 달 동안 내 자신의 몸을 실험 대상으로 삼아 새벽기도의 성공요소들을 하나씩 하나씩 점검해 나갔다. 그리고 드디어 한 달 동안의 특별새벽기도회가 시작되었다." 요즘 기독교계에서 소위 한참 뜬다는 전병욱 목사의 이야기이다.

성공으로 이끄는 자신이 되려면 체질개선을 해야 한다. 50여 년 동안 습관처럼 굳어졌더라도 그것이 틀렸다면 기꺼이 바꿀 수 있어야 하는 것이 장군이다.

실패를 자주하는 편이라면, 체질이 '실패 체질'일 경우가 많다. 반면에 '성공 체질'도 있다. 매사에 적극적이고 진취적이며, 낙관적이고, 긍정적이며, 근면하고, 성실하며, 겸손하고, 끈질기다는 것 등 우리가 익히 아는 것들이다.

원래 모자라는 목수가 '연장 탓'을 하는 법이다. 시간이 걸리더라도 체질을 개선해야 한다. 조금 늦더라도 그것이 지름길이다.

48. 의도적인 인생을 살라

은 결과가 다르게 된다. Hery David Thoreau(1817-1862)는 미국 마사추세츠 주 콩코드 출신으로 하버드 대학을 졸업하였으나, 남들처럼 안정된 직업을 갖고 살기를 거부하고 측량, 목수, 교사, 프리랜서로 자신만의 독특한 삶을 살아간 사람이다.

그의 대표작 <WALDEN/월든>은 문자 그대로 불후의 명작이다. 월든은 그가 콩코드 지방의 월든 호숫가 숲 속에 들어가 1845-1846년 2년 동안 스스로 통나무집을 짓고, 밭을 일구고, 낚시를 하면서, 돈을 거의 쓰지 않고, 자급자족하면서 자연과 더불어 소박한 생활을 한 숲 생활의 기록이다. 그렇다고 <월든>이 단순한 숲 생활일지가 아니다. <월든>은 상식을 무시한 채 독불장군으로 살았다는 것이 아니라, 상식 차원에서 이웃 사람들과 더불어 살아가면서도 그 이웃의 평가나 유행에 전혀 영향을 받지 않고 얼마든지 자주적으로 자유롭게 살 수 있다는 가능성을 입증해 보인 체험 보고서이다. 그의 어록 몇 가지들을 소개 한다.

- 내가 숲 속으로 들어간 것은 인생을 의도적으로 살아보기 위해서였다. 인생의 본질적인 사실들만을 직면해 보려는 것이었으며, 인생이 가르치는 바를 내가 배울 수 있는지 알아보고자 했던 것이다. 그리고 마침내 내가 죽음을 맞이하였을 때, 내가 헛된 삶을 살았구나 하는 후회가 없도록 하기 위한 것이었다. 나는 삶이 아닌 것은 살지 않으려고 하였다. 삶은 얼마나 소중한 것인가!
- Simple, Simple, Simple하게 살라. 제발 바라건대 여러분의 일을 두세 가지로 줄이라! 간소화하고, 간소화하라. 하루 세끼 먹는 대신 하루

한 끼만 먹으라. 우리는 더 많은 것을 얻으려고만 끝없이 노력하고, 때로는 더 적은 것으로   만족하는 법은 배우지 않을 것인가?

● 내가 무엇보다 소중하게 여기는 것은 얽매임이 없는 자유이고, 경제적으로 풍족하지 않더라도 나는 행복할 수 있음으로, 고급 양탄자, 호화 가구, 값비싼 주택, 등을 사는 데 필요한 돈을 벌기 위하여 내 시간을 허비하고 싶지 않았다.

● 나는 경험에 의하여 적어도 다음과 같은 것을 배웠다. 사람이 비전을 가지고 자기가 원하는 방향으로 힘차게 살아나간다면, 그 사람이 보통 때는 생각지도 못했던 성공을 맞이하게 되리라는 것이다. 그 과정에서 그는 과거를 뒤로하고 눈에 보이지 않는 경계선을 넘을 것이다. 새롭고 보편적이며 보다 자유로운 법칙이 그의 주변과 그의 내부에 확립되기 시작 할 것이다. 아니면 이미 묵은 법칙조차도 확대되고 더욱 자유로운 의미에서 그에게 유리하도록 해석되어 그는 존재의 보다 높은 질서 안에서 살 수 있다. 그가 자신의 생활을 소박한 것으로 만들면 만들수록 우주의 법칙은 더욱더 명료해 질 것이다.

49. 더 배우라

박사과정을 나온 사람 보다 농부가 더 지혜롭다. 농부는 논에다 미꾸라지를 키울 때 한쪽에는 미꾸라지만 넣어 키우고 다른 한쪽에는 메기 한 마리를 넣어 키워 가을이 되어서 수확을 한다.

그렇게 하면 미꾸라지만 키운 쪽은 시들시들 오그라져 있는 반면, 메기를 넣어 키운 쪽의 미꾸라지들은 통통하게 살이 올라 있는 것을 볼 수 있기 때문이다. 이유인 즉, 메기와 같이 있는 미꾸라지들은 메기가 잡아먹으러 다니니까 항상 긴장하고 있어야 하고, 메기에게 잡혀먹지 않으려고 진흙 속으로 숨거나 활발히 움직여야 하기 때문에 많이 먹고 튼튼해질 수밖에 없었다는 것이다.

인생이나 기업에 있어서도 이와 마찬가지로 항상 건전한 위기의식과 함께 적절한 긴장과 자극이 있어야 환경변화에 적응하기 위한 노력을 하게 되어 치열한 경쟁에서 뒤지지 않고 계속 성장을 할 수 있다는 것을 메기 자극론이라고 한다. 삶에 있어서도 신선한 자극은 필요하다. 신은 우리를 환경을 통하여 연단하시는데 연단이 때로는 어렵고 고단하지만 이로 인하여 우리가 항상 긴장하고 깨어있게 된다. 그러므로 우리는 우리 삶 속에서 부단하게 일어나는 문제들에 대하여 부정적인 시각으로만 볼 것이 아니라 자기 발전을 위한 자극으로 보아야 한다. 그 때 삶의 여유가 생기고 감사가 나와서 어려운 시련을 쉽게 이길 수 있기 때문이다.

이제 5단계에 접어든 사람은 지식이 아니라 지혜를 터득해야 한다. 지식은 평준화가 오지만 지혜는 다르다. 지혜가 축적된 사람은 많은 사람들이 곁에 모여든다. 지혜를 얻기 위해서이다.

50. 아이디어를 사라

　　이제 장군의 연령에 접어 든 사람은 칭기즈칸을 벤치마킹해야 한다. 칭기즈칸은 유럽과 아시아를 평정한 위대한 CEO였다. 그는 전쟁마다 승리했다. 그리고 적을 무자비하게 응징했다. 하지만 절대 죽이지 않은 적진의 사람들이 있다. 기술자들이었다. 신기술을 지닌 자만이 세계를 지배할 수 있다는 것을 알았기 때문이다. 특히 숫자가 적은 그의 군대가 멀리 수만 킬로미터를 달려가서 원정전쟁을 벌이자니 숫자적 열세와 속도를 기술력으로 보완해야했다. 그래서 칭기즈칸은 자기네 개발품이든 아니든 기술을 흡수·향상시키려고 무단히 힘썼다. 당시 충격적인 신무기는 훈족으로부터 지혜를 물려받은 말의 안장과 등자였다. 이것으로 동유럽을 점령하고 로마까지 괴롭히며 흔들었다. 신기술 등자와 정보기술 칭기즈칸군의 말은 기수와 한 몸처럼 날쌨다. 그것은 안장 때문이다.

　　로마 안장은 말 몸통에 가죽 끈으로 잡아매는 밋밋한 방식이었다. 반면 훈족 안장에는 나무 버팀목이 있었다. 앞뒤로 우뚝하게 높이 올린 기둥과 안장머리는 말이 움직이고 달릴 때 기수에게 안정감을 줬다. 버팀목이 없는 로마기병들은 전투 중에 균형을 잃고 툭하면 낙마했다. 또 칭기즈칸군은 등자도 활용했다. 등자란 말을 탈 때 두 발을 디디는 기구다. 말안장에 매달아 양쪽 옆구리로 늘어뜨리게 돼있다.

　　간단하기 짝이 없지만 등자가 있는 것과 없는 것은 그야말로 하늘과 땅 차이다. 등자에 발을 디디면 무게 중심이 아래로 내려가 고삐를 쥘 필요가 없다. 허벅지로 말 등을 조여 가며 마상쇼도 가능하다. 앞, 뒤로 탈수 있다. 물론 옆으로 밑으로도 탈 수 있다. 이게 12-13세기 칭기즈칸을 무적의 정복자로 만든 신기술 신무기였다. 어떤 학자의 주장처럼 지난 천년동안 인류가 거둔 가장 위대한 발명품 중 하나가 등자라고 할 수 있다. 이와 같이 아주 작은 기술이라도 세계최초의 것이면 성공한다. 남들은 할 수 없는 나만이 할 수 있는 것을 개발하기 위해 아이디어를 모으자. 세월이 중요한 것이 아니다. 시간이 가더라도 해야 한다.

5단계의 나이에 이른 사람이 가장 잘 할 수 있는 것이 '나만의 아이디어 만들기'이다. 세월이 지나 많은 연륜과 지혜가 쌓였기 때문에 이번에야말로 성공 할 수 있는 가능성이 있다. 지금까지의 모든 과정은 성공을 위한 발판들이었다고 생각하자.

06 정치가

제6장 정치가

51. 때를 기다리는 사자처럼

조선조 말 쇄국정책으로 유명한 흥선대원군 이하응은 한때 사람들에게 '정신 나간 사람' 혹은 '이미 끝난 사람'으로 통했다. 그는 자신의 아들이 장차 나라의 대통을 이을 왕이 될 줄 알고 일부러 미친 체 하며 사람들의 눈을 피했던 것이다. 대권을 향한 소용돌이 속에서 그가 다치지 않을 수 있었던 것은 자신을 낮추었기 때문이다. 대개의 사람들은 자신의 실제 모습보다 과대평가되기를 바란다. 그래서 좀 더 세련되게 포장되기 위하여 애를 쓴다. 보다 더 외모에 신경을 써서 꾸미게 된다. 그러한 모습은 이내 사람의 눈에 띄고 경쟁자와 대적들의 칼에 넘어지게 되는 것이다. 다윗과 골리앗을 일반인에게도 잘 알려진 이 사람은 원래 목동이었다가 왕이 된 사람이다.

그런데 다윗은 겸손의 사람이었다. 그가 비굴해서가 아니라 중심으로 먼 미래를 믿었기 때문이다. 우리의 순간순간 행동을 점검해 보면 얼마나 많이 사람들의 눈을 의식하는지 모른다. 전혀 모르는 사람들에게서조차 내 모습이 어떻게 비추일까를 고민한다. 고급 승용차를 몰고 가는 사람들

을 유심히 보면 천하에 자신이 가장 잘난 듯한 포즈를 취하고 있다. 어쩌면 사람들은 일평생 그러한 명예와 영광을 위하여 시간을 허비하고 땀을 흘리는지 모른다.

그래서 별로 보여줄 것이 없다고 생각되면 풀이 죽고 의기소침해진다. '너도 공주병' '나도 왕자병'이다. 온통 나라가 불치병자들을 양산해 내고 있다. 부모세대들이 고생하며 산 탓에 자녀들에게 너무 잘 해주기 때문이다. 이러한 이유로 60대에 접어든 사람들에겐 자식들의 문제가 부메랑이 되어 돌아온다.

인생이란 것이 보여주려고 사는 것이 아니다. 내가 만족하며 살아야 하는 것임에도 불구하고 많은 사람들이 다른 사람을 기쁘게 하려고(?) 살아간다. 남의 눈을 의식하지 않고, 마치 사냥을 위해 초원의 풀밭에서 부릅뜬 눈으로 웅크린 사라처럼 때를 기다리면 나에게도 기회는 온다.

52. 정상을 바라보라

　1. 정상으로 가는 첫걸음은 자신의 모습을 고치고, 치장하고, 향상시켜 나가는 것이다. 자신의 외모를 단정히 한다면 당신은 자신감을 가질 수 있다. 나이가 들어도 치장을 하면 밝고 젊은 미소를 간직할 수 있다.

　2. 정상으로 가는 첫걸음은 부정적 이미지를 주는 외모를 변화시키는 것이다. 외모를 변화시키는 것은 결국 당신의 내적인 이미지와 능력을 변화시키는 결과를 가져오는 것이다.

　3. 정상으로 가는 첫걸음은 당신의 부정적 이미지를 개선하는 것이다. 당신은 내적인 변화를 위하여 외적인 모습은 단정히 멋지게 가꾸어야 한다. 외모의 부정적 이미지를 개선한다는 것은 바로 내적으로 암약하고 있는 게으름, 무기력, 우울증 등 부정적 요인들을 추방한다는 것이다.

　4. 외모는 자기 자신의 이미지는 물론 자기 자신이 현재 하고 있는 일이나 사업에도 영향을 미친다. 외모는 일을 하기 위한 태도이다. 그 태도가 진실하다면 그가 하고 있는 일도 진실 되게 처리할 수 있을 것이다. 정상으로 가기를 원한다면 그 첫걸음은 바로 자기 자신의 부정적 모습을 고치기 위하여 먼저 그 외모를 밝고, 단정하고, 깨끗하고, 아담하고, 고상하게 만들어 가는 것이다.

　5. 정상으로 가는 첫걸음은 웃음을 짓는 것이다. 내가 누군가에게 웃음을 지어 보이면 그 웃음은 돌려받는다. 만약 그 웃음을 돌려받지 못한

다고 할지라도 세상에서 가장 가난한 사람은 웃음을 잃어버린 사람이란 사실을 알기에 당신은 항상 기분 좋은 상태로 살 수 있기 때문이다.

이신화씨가 엮은, 하루에 3분이면 성공이 보인다라는 글에 나오는 이야기이다.

53. 사랑의 힘을 믿으라

　미국 보스턴의 정신병원에 한 불쌍한 소녀가 수용돼 있었다. 소녀는 갑자기 사람들을 공격하는 정서불안 증세를 보였다. 의사는 소녀에게 '회복불능'이란 판결을 내렸다. '작은 애니'로 불린 소녀에게 사랑을 베푸는 사람은 아무도 없었다. 부모와의 연락도 완전히 단절돼 고독한 나날을 보냈다. 그런데 이 병원에 한 늙은 간호사가 있었다. 그녀는 매일 과자를 들고 애니를 찾아와 위로했다. '애니야, 너를 정말 사랑 한단다.' 늙은 간호사는 아무 반응이 없는 소녀를 위해 6개월 동안 한결같은 사랑을 쏟았다. 그 때부터 애니의 마음이 조금씩 열리며 밝은 웃음을 되찾았고 정상의 몸으로 돌아왔다. 그리고 세월이 지난 어느 날 소녀는 신문기사를 읽고 중대한 결심을 한 가지 하게 된다. 그 기사는 '보고 듣고 말하지 못하는 3중고의 헬렌켈러라는 어린이를 돌볼 사람을 구하고 있다'는 것이었다. 그녀는 자신의 경험을 살려 이 어린이의 평생스승이 된다. 그녀는 간호사가 자신에게 베푼 사랑을 헬렌켈러에게 쏟았다. 이 사람의 이름은 앤 설리번이다. 우리는 헬렌켈러에 대해서도 잘 알고 있지만 앤 설리번에 대해서는 잘 모른다. 또 앤 설리번은 알지만 그녀를 말없이 사랑하여 주었던 그 나이든 여 간호사의 이름은 잘 모른다. 이름은 모르지만 사랑은 이처럼 세월을 이어가며 전염되는 특이한 묘약이다.

　당신은 이제 6단계에 접어든 정치가이다. 타인에게 책임을 져야하는 사람이 되었다는 말이다. 사람을 사랑으로 변화시키고 그것을 퍼뜨리는 주인공이 되어야 할 때가 되었다.

54. 왜, 적극적 사고인가?

시카고 심리학 교수들은 100명의 학생들에게 <길거리에 떨어진 바나나 껍질을 밟으면 미끄러진다>는 주제를 가지고 3일 동안 왜 넘어지는지? 그 때 심리 상태가 어떤지? 등등 집중적으로 말해 주었다. 일주일이 지난 어느 날, 학교 여기저기에 오렌지 껍질을 펴놓았다. 그리고 일주일 후, 실험 대상 학생들을 불러 모아 설문 조사를 하였더니, 바나나 껍질이 아닌 오렌지 껍질을 보았음에도 불구하고 미끄러져 넘어질지도 모른다는 생각에 조심하게 되었다고 보고한 학생이 65%였다고 한다.

사람의 마음에는 그 사람이 경험한 모든 일들이 고스란히 저장되는 신비한 기억 장치가 있다. 냄새, 맛, 경치, 느낌, 슬픔, 기쁨, 분노, 감사, 사랑, 고통, 등등 사람이 겪은 모든 것이 저장되어 있다. 사람은 자신에게 일어났던 일 가운데 극히 일부만을 의식하고 산다. 그러나 마음의 기억 장치 속에는 하나도 없어지지 않고 그대로 남아 있다. 이것을 무의식, 잠재의식이라고도 한다.

사람의 판단은 언제나 자신의 경험에 기반을 두는 경우가 많다. 이 때 판단 기준으로 어떤 기억을 살려내느냐? 하는 것은 전적으로 그 사람 자신에게 달렸다.

(1) 부정적이고 우울한 과거를 기억해 내느냐?

(2) 긍정적이고 성공한 과거를 기억해 내느냐?

부정적인 기억을 되살리기 시작하면 기억의 창고에서는 끊임없이 부정적 기억들이 쏟아져 나온다. 실패한 경험, 성공할 수 없는 이유, 낙심과 좌절, 남들의 비웃음, 비난받은 나쁜 기억들이 꼬리에 꼬리를 물고 일어난다. 그러다 보면 의기소침해지고, 두려움에 움츠러들게 된다.

긍정적인 기억을 되살리기 시작하면 기억의 창고에서는 끊임없이 긍정적인 기억들이 쏟아져 나온다. 칭찬 받았던 일, 성공해서 큰 파티를 열었던 일, 큰 행복에 전율했던 기억들이 꼬리에 꼬리를 물고 일어난다. 그러다 보면 자신감이 충만해지고, 할 수 있다는 비전이 생긴다.

"안녕하세요?"라는 단순한 인사말도, 부정적 마음을 품고 "안녕하세요?" 하는 인사와 긍정적 마음을 품고 "안녕하세요?" 하는 인사는 하늘과 땅 만큼 그 차이가 크다. 그러므로 사람이 살아가면서 가장 중요한 것은 그 사람의 경력이나, 학력이나, 집안이 아니라 그 사람의 삶에 대한 태도라고 하는 이유가 여기 있다. 데이비드 슈워츠가 쓴 <크게 생각할수록 크게 성공한다>란 책에 나오는 글이다.

55. 분명히 말하라

소통이란 말을 잘하는 것이 아니라 뜻이 정확하게 다시는 변개될 수 없도록 전달하고 전달된 것을 확인하는 것이다. 우리는 이야기를 하면 모든 게 통했다고 생각한다. 하지만 사람은 자신이 듣고 싶은 말만 듣기 때문에 정확한 의자가 전달이 되지 않는 경우가 많다.

하비스는 다음과 같이 말했다.

- 패자는 '예와 아니오'를 적당히 말한다. 승자는 '예와 아니오'를 분명히 말한다.
- 패자는 허겁지겁 일하고, 빈둥빈둥 놀고, 흐지부지 쉰다. 승자는 열심히 일하고, 열심히 놀고, 열심히 쉰다.
- 패자는 이기는 것도 은근히 염려하지만, 승자는 지는 것도 두려워 않는다.
- 패자는 구름 속의 비를 보지만, 승자는 구름 위의 태양을 본다.
- 패자는 돈에 끌려 다닌다. 승자는 돈을 끌고 다닌다.
- 패자는 해 봐야 별수 없다고 한다. 승자는 다시 해 보자고 한다.
- 패자는 욕심으로 움직이지만, 승자는 꿈을 위하여 움직인다.
- 패자는 날이 밝기를 기다린다. 승자는 새벽을 깨운다.
- 패자는 실패를 후회한다. 승자는 실패를 거름으로 여긴다.
- 패자는 결과에 희비(喜悲)한다. 승자는 과정 자체에 희비(喜悲)한다.
- 패자는 자기보다 약한 사람을 만나면 곧 지배자가 된다.
- 승자는 자기보다 약한 사람을 만나면 곧 친구가 된다.
- 패자는 말로 행동을 변명한다. 승자는 행동으로 말을 증명한다.

- 패자는 임기응변에 강하다. 승자는 정공법에 강하다.
- 패자는 자기보다 강한 사람을 만나면 질투심으로 그의 약점 찾기에 바쁘다.
- 승자는 자기보다 강한 사람을 만나면 존경심으로 그의 장점 찾기에 바쁘다.
- 패자는 혀를 바친다. 승자는 몸을 바친다.
- 패자는 길은 하나라고 한다. 승자는 다른 길도 있다고 한다.
- 패자는 눈이 녹기를 기다린다. 승자는 눈 위에 길 낸다.
- 패자는 문제 주위를 맴돈다. 승자는 문제 속으로 뛰어든다.
- 패자는 다음에 하자고 한다. 승자는 지금 하자고 한다.
- 패자는 갈수록 태산이라고 한다. 승자는 태산 아래 천하가 있다고 한다.
- 패자는 너 때문이라고 한다. 승자는 나 때문이라고 한다.
- 패자는 노인에게도 사과하지 못한다. 승자는 어린아이에게도 사과한다.
- 패자는 늘 바쁘다고 한다. 승자는 늘 여유롭다.
- 패자는 남의 눈을 의식한다. 승자는 이것이 옳은 일인가를 의식한다.
- 패자는 자기 말을 들으라고 한다. 승자는 남의 말을 들으려고 한다.
- 패자는 받은 만큼 준다. 승자는 기대 이상을 준다.
- 패자는 대책 없이 비판한다. 승자는 비판 없이 대책을 말한다.
- 패자는 적당히 일한다. 승자는 철저히 일한다.
- 패자는 소탐대실한다. 승자는 대탐소실한다.

속담과 잠언의 힘은 촌철살인(寸鐵殺人)에 있다. 승자와 패자에 대한 하비스의 경구가 무딘 당신의 마음을 찔러 깨어나게 하는가? 이제 정치가의 길에 들어선 사람이라면 진검승부로 늘 싸워야 한다. 승부의 길에 들어섰다면 승자의 길로 가야 한다.

56. 3A만 가지면 된다

　　신세대 학생들은 3D, 즉 더럽고(dirty), 힘들고(difficult), 위험한 (dangerous) 일을 기피한다고 언짢아하는 분들이 있다. 지금 기성세대들은 한국 경제가 GNP 200불에서 20,000불 비약하는 동안에 3D 일을 다 겪어보았다. 그러기에 그 피땀의 열매를 먹고 자란 신세대 학생들이 백수로 놀지언정 3D 일은 안 하겠다고 하는 태도가 괘씸하고 배부른 수작으로 보일 것이다. 그런데 이런 현상이 우리 한국 신세대만 그렇다면 한국 신세대들이 나약하고 배은망덕하다고 해도 좋지만, 이런 현상은 자유분방한 미국은 물론, 엄격한 가정교육으로 유명한 독일, 우리보다 앞서 산업화를 이룬 일본도 마찬가지이다.

　　3D 일은 기피하는 것이 마땅하다. 일이 더럽고, 힘들고, 위험해서가 아니라 3D 일은 대개 단순 반복적인 노동이기 때문이다. 신세대는 인간 삶의 패러다임을 직감적으로 느끼고 있다. 그래서 3D 보다 신나고 도전적이고 몸으로 표현하는 일을 하고 싶어 한다.

　　그러므로 이제 21세기는 3D 대신 3A로 살아야 생존력이 높다. 3A란 언제(Anytime), 어디서(Anywhere), 누구(Anyone)와도 만나고 일할 수 있는 능력이다. 지금은 지구촌 시대이다. 오전 8시부터 오후 5시 근무라는 틀은 이미 깨어졌다. 한국이 밤 10시일 때 미국은 오전 10시입니다. 키보드 몇 개만 누르면 그 즉시 언제, 어디서, 누구와도 일할 수 있는 시대가 되었다. 그래서 요즘 학생들이 죽어라 영어 공부하는 것은 인터넷 세상의 80%가 영어로 되어 있기 때문이다. 또 인터넷은 접속 시간이 7초를 넘기면 고객을 잃는다는 말처럼 시간을 다투는 경쟁임으로 접속이 편리한 때를 골라 일하는 것이 능률적이다. 그러나 이런 이유만이 아니라도 신세대 학생들은 자기가 좋아서 일을 하기 때문에 밥 먹는 시간에도 일을 하고, 일하다가 쉬고 싶으면 스타크래프트 게임을 하기도 하고 또 다시 반짝 아이디어가 떠오르면 컴퓨터 앞에 앉는 생활에 익숙하다.

산업시대에 성공하는 사람은 사장이 시키는 일을 성실히 수행하는 사람이었다면, 정보화 시대에서 성공하는 사람은 자기가 미치도록 하고 싶은 일에 몰두하는 사람이다. 이런 사람에게는 머릿속에서 돌아가는 아이디어에 생활 리듬을 맞추는 게 편하지 시계 바늘이 가리키는 물리적인 시간에 맞추는 것은 비효율적인면도 있다. 이치가 이러하니 신세대 학생들에게 3D를 연상시키는 일을 하라고 타박하지 말고, 3A에 걸 맞는 일을 할 수 있도록 도와주는 것이 지혜로운 것이다.

조벽 교수의 명강의 노하우에 나오는 글이었다.

정치가는 '인사가 만사(人事가 萬事)'라는 사실을 알아야 한다. 시대에 따라 사람을 찾고, 또 기르는 것이다. 호랑이 담배 피우던 시절의 이야기도 신세대에 맞게 포장을 잘 해서 이야기해야 '노친네'라는 소리를 안 듣는다. 항상 새롭게 배우고, 적용하는 사람은 노인이라도 청년이다.

57. 삼지창을 가지라

　　정진홍의 칼럼에서 읽었다. 미래는 도둑처럼 온다. 예고하지 않은 채 쥐도 새도 모르게 스스로를 감추며 느닷없이 온다. 그래서 우리는 늘 번번이 미래에 당한다. 더구나 사람들은 미래에 대해 무방비하거나 속수무책이다 보니 갈수록 미래를 두려워한다. 미래가 두려운 까닭은 그것이 언제, 어떤 모습으로 출몰하고 기습할지 모르기 때문이다.

　　앞서 말했듯이 우리가 마주하고 있는 이 미래는 산업시대를 거쳐 정보시대를 넘어 펼쳐지는 콘텐트시대다. 그것은 대형공장과 정보화 플랫폼이 아니라 스토리와 놀이 그리고 상상력의 융합이 새로운 생산력이 되는 시대다. 아울러 물건 담은 컨테이너가 아니라 이야기 담은 컨텐츠가 더 큰 부가가치를 창출하는 시대다. 랄프 얀센의 표현대로 '드림소사이어

티', 곧 '꿈의 사회'다.

정진홍은 그렇기 때문에 삼지창을 잡으라고 충고한다. 미래를 잡을 삼·지·창의 첫 번째 날을 '체인지'라고 부른다. 즉 '컨테이너 산업에서 컨텐츠 산업으로의 깊은 변화'를 함축한다.

두 번째 날은 '시너지'다. 즉 '하이테크과 하이터치의 융·복합'을 통해 확보된다는 것이다. 이제는 한 분야의 전문가가 되어서는 탁상공론자가 되기 쉽다는 것이다. 우리 모두를 휩쓸고 몰아가는 메가트렌드는 더 이상 존재하지 않는다는 것이다. 그 대신 이 세계는 얽히고설킨 미로와 같은 선택들에 의한 마이크로트렌드들에 의해 움직이고 있다고 말하는 이유다.

세 번째 날은 '크레이지', 즉 미쳐야 미친다는 사고이다. 불광불급(不狂不及)이란 미친 사람이 되지 않고는 경지에 이르지 못한다는 뜻이다. 그러기 위해서는 '작고 사소한 것들에 대한 미친 듯한 몰입'을 한다는 것이다.

이런 예를 들어보자 황해도 황주 땅에 조선 팔도에서 제일가는 황 부자가 며느리 시험을 본다는 광고를 냈다. 시험 문제는 다음과 같았다.

장소 : 황 부자가 사는 마을 안 단출한 한옥.
시험 감독 겸 동거인 : 머슴 2, 여종 1.
시험 기간 : 30일
시험 문제 : 일인당 하루 쌀 소비량은 5홉. 며느리 응시
　　　　　　자 1인, 머슴 2인, 여종 1명 도합 4명. 4사람
　　　　　　1달 식량 4명 × 5홉 × 30일 = 600 홉 즉,
　　　　　　쌀 6말.

그런데 황 부자는 쌀 200홉, 즉 2말을 주면서 1달을 살아내는 것을 보고 며느리로 결정하겠다는 것이었다.

아가씨 1.

아가씨는 쌀 봉지 30개를 만들어 쌀 200홉을 한 봉지에 약 7홉씩 나누어 담았다. 매일 7홉의 쌀만큼 밥을 해 먹기로 하였다. 30일을 간신히 버텼다. 30일 후 머슴과 여종은 바싹 말랐고, 아가씨는 병원으로 실려 갔다.

아가씨 2.

아가씨는 여종을 불렀다. 그리고 쌀 두 말을 내주면서 쌀보다 값이 3배 싼 보리로 바꾸어 오게 하였다. 아가씨는 보리 6말을 장만하여 30일을 살았다. 30일 후 머슴, 여종, 아가씨 모두 방귀는 뀌었으나 건강하였다.

아가씨 3.

아가씨는 쌀 두말로 맛있는 떡을 만들었다. 그리고 여종을 불러 이웃집에 두루 돌리게 하고, 아가씨 바느질 솜씨가 빼어나다고 선전하고, 일감을 얻어오라고 하였다. 다음에는 머슴들을 불러 나무를 해다가 장에 가서 팔아오라고 하였다. 아가씨는 바느질해서 번 돈, 나무 판 돈을 걷어 들였다.

그리고 머슴들과 여종에게 수고비를 주었다. 머슴들과 여종은 신이 나서 더 열심히 일하였다. 30일 후 집안에는 쌀이 쌓였고, 장작이 그득하고, 돈이 모였다. 머슴들과 여종은 신바람이 났다. 아가씨는 뽀얗게 되었다. 결과는 물어보나 마나가 되었다. 융복합적 사고와 새로운 컨텐츠의 발견과 이를 실현시키는 몰입을 우화적으로 설명해 보았다.

58. 여유를 두라

각박하게 돌아가는 디지털의 시대에서 여유란 참으로 호사가 아닐 수 없다. 하지만 여유를 누릴 수 있는 사람이 더 멀리 갈 수 있고 사색을 통한 융복합의 새로운 컨텐츠를 만들어 낼 수 있는 것이다.

제나라 경공은 별로 뛰어난 임금이 아니었지만 명재상 룟(안영)의 도움으로 나라를 잘 다스린 임금으로 평가받은 임금이다.

어느 날 경공이 지극히 아끼는 말(馬)이 마구간지기의 실수로 죽었다. 불같이 격노한 경공은 당장 저 마구간지기의 목을 베라고 추상같은 명을 내렸다. 말이 아무리 귀중하다 해도 사람 목숨에 비할 바는 아니다. 그러나 경공이 하도 펄펄 뛰는 바람에 아무도 이를 말리지 못하였다. 이 때 안영이 조용히 나서서 이렇게 아뢰었다.

임금님, 저 마구간지기가 자기 임무를 소홀히 하여 임금님이 사랑하는 말을 죽도록 하였으니, 죽어 마땅합니다. 하오나 저 놈은 말 한 필 때문에 죽게 되었으니 억울하다고 할 것이며, 이 소문을 들은 세상 사람들도 제나라 경공은 그깟 말 한 마리 때문에 사람을 죽이는 어리석은 임금이라고 비웃을 것입니다. 그러므로 마구간지기가 왜 죽어 마땅한지 그 죄를 분명히 하고 목을 베겠습니다.

그리고 마구간지기에게 이르기를,

"네 이놈, 마구간지기는 들거라. 너는 세 가지 큰 죄로 죽는 것이니라. 첫째, 네 임무를 소홀히 하여 우리 임금이 그토록 아끼시는 애마(愛馬)를 죽게 한 죄. 둘째, 우리 임금으로 하여금 그깟 말 한 마리 때문에 사람을 죽이게 한 죄. 셋째, 우리 임금이 말 한 필 때문에 사람을 죽였다는 이 소문이 퍼져, 세상 천하 사람들로 하여금 우리 임금이 말 한 필 때문에 사람을 죽이는 잔인하고 어리석은 임금이라고 욕을 하도록 만든 죄니라.”

하고는 당장 목을 자르라고 하였다. 경공이 아무리 범용한 임금이라 하나, 안영의 말을 못 알아들을 임금은 아니다. 경공은 “안자여, 잘 알았소. 그를 용서해 주도록 하오.”라고 하였다.

목에 칼이 들어와도 할 말을 하는 것은 용기가 아니라 만용일 수 있다. 그 할 말을 동을 가리키며, 실인즉 서를 말하는 지동설서(指東說西)의 지혜가 필요한 나이이다.

59. 사색의 시간을 늘리라

　사색의 시간을 늘리기 위해서 과감하게 디지털적 문명의 안락함을 포기해야 한다. 그러기 위해서 집안에서 TV를 제거하여야 한다.

　미국 질병통제예방센터는 어린이 비만의 원인 중 가장 큰 이유는 TV 시청 때문이라고 발표했다. 자녀의 TV 시청시간이 하루 1시간을 넘기면 TV를 끄라고 미국 질병통제예방센터(CDC)는 얼마 전에 어린이들의 TV 시청시간이 길수록 비만이 될 확률이 높다고 경고했다. CDC에 따르면 어린이들의 TV 시청시간이 길수록 TV 광고에 나오는 식품을 더 많이 먹게 되고 TV를 시청하면서 먹을 것을 더 많이 찾게 된다는 것이다. 특히 발육기의 어린이들의 경우 오랜 TV 시청 습관이 비 활동성을 초래, 식생활에 영향을 미치고 결국 비만을 가져온다는 것이다.

　CDC는 연구결과 어린이들의 TV 시청 적정시간은 하루 1시간이나 자체 조사한 미국 어린이 TV 시청시간은 하루 평균 1시간40분으로 40분이나 초과하고 있다고 밝혔다. CDC는 TV 시청 대신 학교운동시설의 자유로운 사용을 비롯, 어린이들이 뛰어놀 수 있는 공간이 더욱 많이 제공돼야한다고 지적했다. CDC 조사 결과 성인들도 TV 시청시간이 길수록 체중이 많이 나가는 것으로 나타났다고 한다. 이러한 예는 비단 미국의 경우만은 아닐 것이다. 갈수록 매스미디어의 폐해가 지적되고 있다. 쓸수록 편리하지만 편리한 만큼 사람의 영혼과 마음을 황폐케 한다. TV 시청을 줄이고 마음의 즐거움을 얻기 위해서 독서를 하고 미래를 준비하는 일에 투자하도록 하는 것이 성공의 지름길이다.

　정치가의 말에는 권위가 있어야 한다. 당장 집안에서 TV 앞에서 세월을 죽이는 자신의 습관부터 바꾸자. 늙음은 세월에서 오는 것이 아니라 태도에서 나온다.

60. '세상은 늘, 동시적이지만 비동시적'임을 기억한다

책 읽기를 시작하고 몇 페이지 넘기지 않은 즈음에 만난 한 문장이 머릿속에서 내내 머물렀다. 그 뒤에 말은 '동시대 속에서 빈자와 부자는 늘 다른 시대를 살고 있는 것이다.' 이 두 문장만으로도 작가가 어떤 길을 나섰으리라는 것은, 어떤 사람들을 만났으리라는 것은 짐작하고도 남는다.

'마흔', 동시대에 마흔을 살고 있는 사람들은 많지만 누구는 제법 안정된 생활로 또 다른 인생의 전성기를 사는 사람도 있을 것이고, 누구는 아직도 그야말로 밥 먹고 살기 힘들어 허덕이는 사람도 있을 것이다. 이처럼 모든 시대는 모든 사람에게 동일하게 적용되지 않는다.

작가 공선옥은 "애초에 <말>지에 쓸 글을 명분 삼아 '노는 여행'을 좀 하고 싶었으나, 아이 셋을 두고 아이들 먹을 국과 밥을 한 솥단지 해 놓고 '비장하게' 나선 길은 놀 수 있는 여행이 아니었다."

강원도 국도변에서 만난 80살 약장수 지복덕 할매, 순창에서 만난 81살 정영섭 할배와 79살 이향구 할매, 여수 화양반도에서 만난 이만근 할배, 영광에서 만난 농촌 아낙네들, 가리봉동 중국 동포 우씨, 봉화에서 만난 신현태 할배, 의정부로 달려가서 만난 미선이와 효순이의 죽음, 수마가 할퀴고 간 무주 무풍에서 만난 죄 없이 순박한 사람들, 창원의 고 배달호씨… 하늘에 부끄럽지 않게 소박하고 있는 만큼만 가지고 살아온 사람들이나 왠지 슬픔이 묻어나고, 쓸쓸함이 스며 있고, 마음 한 켠이 짠해지는 건 왜일까…….

강원도 평창에서 춘천행 막차를 놓치고 후배에게 하소연 겸 대책을 물어보니 전화 저편에서 돌아온 답변이, "떠나려거든 스물에 떠나야지

마흔에 길을 떠났으니 힘들고 쓸쓸하지요. 뭐 별 거 있습니까, 찜질방이나 들어가 보세요."

스물에 떠나는 여행처럼 설레고, 힘이 넘치지는 않을지라도 마흔에 길을 나선 작가가 바라보는 이 땅, 이 나라 사람들에게서는 사람 냄새가 난다. 외롭고 쓸쓸하고, 가난한 사람과 이 땅 구석구석을 바라보는 작가의 사랑어린 시선을 나누다보면 내 마음도 함께 따스해지는 걸 느낄 수 있다.

정치가라고 낭만이 없을 수 있을까? 내 기억으로는 학교 다닐 때 캠핑 계획을 세웠던 때가 몇 번 있었다. 캠핑을 갔을 때보다 여행 계획과 준비물을 챙길 때가 더 재미있었던 것 같았다.

새로운 여행 계획을 세우고 떠날 수 있다면 당신은 아직도 청춘이다. 무엇이 문제인가? 떠나라! 당신만의 시간을 가지고 새로운 사람을 만나 사귀는 것을 즐겨라.

07 현자

61. 절망은 없다

    헨델(Gearge Frderick Handel)은 반신마비에다 파산까지 당했다. 산다는 것이 그에게는 거의 불가능할 정도의 지경이 되었다. 거의 절망적인 상태에서 헨델은 불후의 걸작인 오라토리오 메시야(Messian)를 작곡하게 된 것이다. 나중에 그는 그의 친구에게 이런 말을 했다고 한다. "내가 메시야을 작곡할 때 천사들이 노래하는 소리가 들려 그 노래 소리를 들으며 작곡했다." 오늘 우리가 '메시야'(Messiah) 합창을 들을 때 우리는 앉아서 들을 수가 없다. 앉아서 듣기가 송구스러울 정도이다. 반신 마비에 파산까지 한 사람이 그런 놀라운 곡을 만들 수 있다니 얼마나 놀라운 일이다. 우리가 낙심하지 않으면 언제든지 때가 이르매 거두게 된다. 남들이 보기에 좌절의 순간을 만날 지라도 다시 이기며 더 나은 길로 나아갈 수 있는 것이다.

    옛말에 "출어(出御)이자(以者) 반어(反語)이자(以者)"라는 말이 있다. 네게서 나온 것이 다 네게로 다시 돌아간다는 말이다. 남의 마음을 아프게 하면 나의 마음도 아플 때가 온다는 말이다. 삼림을 만들려면 50년이 걸리지만 성냥 한 개피로 삽시간에 나무를 다 없앨 수 있다. 사람의 습성이 이와 같다. 우리 인생을 아무리 성공시켜 놓아도 죄와 실수로 인하여 하루아침에 무너져 버릴 수 있다는 것이다. 그러므로 무엇보다 먼저 죄의 유혹을 늘 이기는 생활을 해야 한다. 유혹이 와도 이길 수 있게 해 달라고 항상 준비야 한다는 말이다. 그뿐 아니라 자신의 윤리 기준을 항상 세워 놓아야 한다. 우리의 본성이 죄에 가깝기 때문이다. 나이가 들어 예전에 숨겨놓았던 투기한 재산 때문에 많은 훌륭한 분들이 승승장구 할 수 있는 길에서 낙마하는 것으로 보면서 느끼게 된다.

62. 그댄 아직도 청년인가?

　"그대 청년이었던 시절이 있었던가." 어느덧 '386세대' 혹은 '모래시계 세대'도 이런 물음을 자신에게 불현듯 던져보는 나이가 되었다. 80년대 민주항쟁기를 가장 치열하게 겪었으며, 30대이자 80년대 학번이고 60년대에 태어났다 해서 컴퓨터의 386급에 빗대어 불리는 이 세대는 과연 무엇을 남겼을까? 이렇게 묻는 까닭은 이들이 이미 우리 사회의 주력군이 되었거나 될 것이기 때문이다. 이 386세대의 재조명은 20세기말의 빼놓을 수 없는 정리 작업 가운데 하나일 것이다. 386세대는 기본적으로 좌절과 상실의 세대이다. 전단을 뿌리거나 돌과 화염병을 던졌든, 도서관이나 당구장에서 이를 애써 외면했든 절망의 시대상에서 놓여날 수 있는 사람은 아무도 없었다. 이런 386세대는 윗세대와 달리 호황기와 거품 경제의 '단 맛'을 채 맛보기도 전에 구조조정과 IMF의 터널을 지나 지금도 카드 대란에 떨고 있다. 물론 이것이 한 세대만의 문제는 아니겠지만 '때를 잘못 만난' 불운으로 치부하고 말기엔 억울한 그 무엇이 있는 것도 사실이다. 21세기에는 어차피 이들이 한국 사회의 '허리'가 될 것이다. 한 세대는 가고 한 세대는 오는 것이 정한 이치이다. 여기 지은이를 모르는 시 한편 적어볼까 한다.

　언제나 연예시절이나 신혼 때와 같은 달콤함만을
　바라고 있는 남녀에게
　우리 속담은 첫사랑 삼년은 개도 산다고
　충고하고 있다.

사람의 사랑이 개의 사랑과 달라지는 것은
결국 삼년이 지나고부터인데
우리의 속담은 기나긴 자기수행과 같은
그 과정을 절묘하게 표현한다.

열 살 줄은 멋모르고 살고
스무 줄은 아기자기하게 살고
서른 줄은 눈 코 뜰 새 없어 살고
마흔 줄은 서로 못 버려서 살고
쉰 줄은 서로가 가여워서 살고
예순 줄은 서로 고마워서 살고
일흔 줄은 등 긁어주는 맛에 산다.

이렇게 철모르는 시절부터
남녀가 맺어져 살아가는 인생길을
이처럼 명확하고 실감나게 표현할 수가 있을까?
자식 기르느라 정신없다가 사십에 들어서
지지고 볶으며 지내며 소 닭 보듯이,
닭 소 보듯이 지나쳐 버리기 일쑤이고
서로가 웬수 같은데
어느 날 머리칼이 희끗해진걸 보니 불현 듯 가여워진다.

그리고 서로 굽은 등을 내보일 때쯤이면
철없고 무심했던 지난날을 용케 견디어준

서로가 눈물 나게 고마워질 것이다.

이젠 지상에 머물 날도 얼마 남지 않았는데
쭈글쭈글해진 살을 서로 긁어주고 있노라니
팽팽했던 피부로도 알 수 없었던
남녀의 사랑이기보다
평화로운 슬픔이랄까, 자비심이랄까
그런 것들에 가슴이 뭉클해지고
인생의 무상함을 느끼게 한다…

사십대는…
어디를 향해서 붙잡는 이 하나도 없지만
무엇이 그리도 급해서
바람 부는 날이면 가슴 시리게 달려가고
비라도 내리는 날이면 미친 듯이
가슴이 먼저
빗속의 어딘가를 향해서 간다.
나이가 들면 마음도 함께
늙어 버리는 줄 알았는데
가을의 스산한 바람에도
온몸엔 소름이 돋고
시간의 지배를 받는 육체는
그 시간을 이기지 못하고 늙어가지만
시간을 초월한 내면의 정신은

새로운 가지처럼 어디론가로 새로운
외면의 세계를 향해서
자꾸자꾸 뻗어 오르고 싶어 한다.

나이를 말하고 싶지 않은 나이
아니 정확하게 말하면
확인하고 싶지 않은 나이
체념도 포기도 안 되는 나이.
나라는 존재가
적당히 무시 되어버릴 수밖에
없었던 시기에
나도 모르게 여기까지 와버린 나이.
피하에 축적되어
불룩 튀어나온 지방질과
머릿속에 정체되어
새로워지지 않는 낡은 지성은
나를 점점 더 무기력하게 하고
체념하자니
지나간 날이 너무 허망하고
포기하자니
내 남은 날이 싫다하네.

하던 일 접어두고
무작정 어딘가로 떠나고 싶은 것을…

하루하루 시간이 흐를수록
삶에 대한 느낌은
더욱 진하게 가슴에 와 머무른다.
그래서…
나이를 먹으면 꿈을 먹고 산다나
추억을 먹고 산다지만 난 싫다.
솔직하게 말하자면
난 받아들이고 싶지가 않다.

사십을 불혹의 나이라고 하지.
그것은 자신을
겸허하게 받아들이는 거라고
젊은 날 내안의 파도를…
그 출렁거림을 잠재우고 싶었기에…
사십만 넘으면
더 이상의 감정의 소모 따위에
휘청거리며
살지 않아도 되리라 믿었기에.
이제 사십을 넘어
한 살 한 살 세월이 물들어가고 있다.

도무지 빛깔도 형체도
알 수 없는 색깔로 나를 물들이고,
갈수록 내 안의 숨겨진 욕망의 파도는

더욱 거센 물살을 일으키고
처참히 부서져 깨어질 줄 알면서도
여전히 바람의 유혹엔
더 없이 무력하기만 한데…

추적추적 내리는 비에도…
더없이 푸른 하늘도…
회색 빛 높이
떠 흘러가는 쪽빛 구름도
창가에 투명하게 비치는 햇살도
바람을 타고 흘러 들어오는
코끝의 라일락 향기도
그 모두가 다 내 품어야 할 유혹임을…
끝없는 내 마음의 반란임을
창가에 서서 홀로 즐겨 마시던 커피도
이젠 누군가를 필요로 하면서
같이 마시고 싶고…
늘 즐겨 듣던 음악도
그 누군가와 함께 듣고 싶어진다.
사람이 그리워지고
사람이 만나고픈…
그런 나이임을 솔직히 인정하고 싶다.

사소한 것까지도

 | 40대여! 아파하기엔 당신은 너무 젊다

그리움이 되어 버리고
아쉬움이 되어 버리는 거
결코 어떤 것에도 만족과 머무름으로
남을 수 없는 것이
슬픔으로 남는 나이가 아닌가 싶다
이제 나는 꿈을 먹고 사는 게 아니라
꿈을 만들면서
사랑을 그리워하면서
사는 게 아니라
내 진심으로 사랑을 하면서
멋을 낼 수 있는 그런 나이로
진정 사십대를 보내고 싶다.
용광로 같이

이 시에 댓글을 달아놓은 것이 있어 옮겨 적어본다.

● 도대체 난 지금까지 뭘 했나? 생각해보면 나에겐 아무것도 없고 진
  정 가슴속에 담아 놓은 분과 이들에게 사랑을 따뜻한 말 한 마디 전
  하였는가 생각하면 환장하겠구먼요. 어쩌다 벌써 사십을 넘겨, 지금
  도 이렇게 가슴 저리도록 그리워하며 또 얼른 사십을 넘기기 전에
  그리웁고 고마운 분들에게 가서 따스한 차 한 잔 나누던지 구수한
  된장찌개라도 먹으면서 목이 메더라도 정말 그립고 사랑했노라고
  넋두리라도 (또 헤어질 때 가슴 아프더라도)하고 못 보더라도 생각
  날 때마다 늘 평화를 빌고 평화를 빌어주라고 하며 잔잔히 살고 싶

습니다. 2004-03-16 20:40:31 [X]

● 흐르는 음악이 더 슬픈 거 같아 내 마음을 더 외롭게 하는 거 같네요. 40이 눈앞이라 그런지 이런 저런 생각을 참 많이 하게하는 것 같아요. 여러분 행복하세요. 2004-03-15 09:26:30 [X]

● 글 잘 읽었습니다. 너무너무 슬퍼서 눈물이 날려구 하네요. 저두 낼 모래면 40인데 걱정스럽습니다. 해피하게 살고 싶은데 많이 노력해야 할 것 같습니다. 2004-03-15 09:18:16 [X]

● 저절로 40대에는 30대가 좋았던 것 같고, 50대에는 역시 40대가… 이제 60대가 되고 또 몇 년, 그래도 50대가 좋았고… 이런 게 인간의 ‘욕심’이고 ‘추억’이고 ‘아쉬움’인 것 같아요. 답 글 주신 분들 힘내시고, 너무 우울해지지 마세요. 60이 넘은 지금도 ‘저절로’는 ‘꿈’을 가지고 산답니다. 2004-03-12 15:01:59 [X]

● 풀꽃 : 40이 얼마나 좋은지 50이 되면 알아요. 눈물 나도록 그리운 나이가 40인걸 어떻게 알까요. 지나고 나면 모두가 아름다운 나이와 추억을 생각하면 가슴이 아련해 진답니다. 2004-03-12 13:12:26 [X]

● 수현 : 40이 되려면 2년이 남았네요. 사실은 두려워 지네요. 2004-03-12 12:08:29 [X]

● 하늘바라기 : 마흔이 되면 마음의 파도가 그치고 늘 햇살비치는 잔잔한 물결이 되리라 정말 기대 많이 하며 불혹을 맞이하였는데… 이제는 돌아와 거울 앞에 마주 앉은 시인의 누님 같은 평화로운 얼굴일줄 알았는데… 2004-03-12 11:21:23 [X]

● 맑은 날 : 맞네요. 40대의 나이, 불혹의 나이라고는 하지만 옆에서 흔들면 눈물이 나는 나이, 그래서 추억이 새롭고 삶이 새로운데 이미 너무 많이 현실 속에 묶여져 있는 내 자신을 발견하게 됩니다. 그게

바로 40대인 것을… 2004-03-12 10:04:55 [X]

● 은빛연어 : 저절로님! 이 글 읽고 많이 울었습니다. 그냥 눈물이었습니다. 이제 막 사십이 된 여인이거든요. 좋은 글 너무도 감사히 봤습니다.

● 가을이 되면 내 피가 진해진다. 하늘이 짙은 농도로 푸르러질 때면 내 혈액 속에선 우울이 진하게 흐른다. 이 우울은 저물녘 스산한 바람이 부는 길 위로 구르는 낙엽이다. 올 가을엔 좀 더 심한 우울이 찾아 왔다. 아마 서른과 마흔의 경계에 서 있기 때문일까? 늘 경계와 경계 사이엔 바람이 불고 비가 내리기에…….

40대는 경계의 나이이다. 인생을 '오름'과 '내림'으로 본다면 산의 '정상'이다. 그래서 생각이 많다. 하지만 산의 정상에 만족하지 않으면 다시 '오름'이 있다. 즉 목표를 상향조정하면 된다. 40에 시작하여 성공한 인생이 많다.

63. 옳은 열정 헛된 열정

　　셰익스피어의 희곡 『뜻대로 하세요』에서 제익퀴즈(Jaques)는 "그 다음은 연인. 용광로같이 한숨을 쉬고, 애인의 이마를 두고 슬픈 노래를 짓는다"(And then lover, sighing like furnace, with a woeful ballad made to his mistress' eyebrow)라고 중얼거린다(2막 7장). 『심벨리인』에서 이야키모(Iachimo)는 "이래서 그분은 가끔 불덩이 같은 한숨을 몰아쉬곤 합니다"(He furnaces the thick sighs from him)라고 말한다. 연인의 열정이 남아있는가? 묻고 싶어지는 단계이다. 하지만 이젠 그 열정들이 옳은 것이었는가? 아님 그런 것이었는가를 구분해서 볼 줄 아는 나이가 되어야 한다.

　　오노다 히로(小野田寬郞) 일본 육군 소위는 1944년 12월 필리핀 루방섬에 파견된다. 임무는 미군 비행장 활주로 파괴와 유격전. 45년 3월 루방섬의 일본군이 미군에게 패하자 22세의 오노다는 시마다 쇼이치(島田壓一)하사, 고즈카 가나시치(小塚金七)일병과 산으로 들어갔다. 54년엔 시마다가, 65년엔 고즈카가 사망했다. 오노다의 '나홀로 전투'는 그래도 계속됐다. 강산이 세 번 변하는 사이 일본 정부가 수색대를 보내고, 오노다의 형제가 몇 번씩 와서 그를 찾았고 스스로 패전을 알리는 전단도 봤다. 그러나 그는 아무것도 안 믿었다. 74년 2월 23일 직속상관이었던 다니구치 요시미(谷口義美)에게서 투항명령서를 받고나서야 정글을 나왔다. 그 때 그의 나이 52세 때였다.

　　일본 국민과 매스컴은 오노다의 군인정신에 열광했다. 투항명령서 전달식, 마르코스 당시 필리핀 대통령에 대한 항복 신고, 부동의 자세, 녹슬지 않은 총검… 눌려있던 일본인의 군국주의에 대한 향수가 오노다를 통해 분출됐다.

　세지마 류조(瀨島龍三)대좌는 45년 7월 만주 관동군 참모로 발령받았다. 종전 뒤 11년간 소련에 억류됐다 56년 8월 돌아왔다. 그는 58년 이토 추상사에 입사해 고속 승진을 거듭, 78년 회장이 됐다. 파란만장한 경력 때문에 일본의 소설 '불모지대'의 주인공이 될 정도였다. 그는 회상록에서 "영역과 세력권 확대에 집착한 게 패망의 길로 들어선 결정적 원인"이라고 전쟁을 반성했다. 그는 전쟁을 반성하는 양심적 군인으로 꼽히는 인물이다. 둘 중 누가 오늘 일본의 진짜 정서를 반영할까.

　시사점이 있다. 88년 12월 7일 나카사키 시의회의 한 의원이 모토지마 히토시 시장에게 천황의 전쟁책임에 대한 견해를 물었다. 시장은 단호히 "책임 있다."고 했다. 후폭풍이 닥쳤다. 자민당 시의원들이 발언철회를 요구했고 당은 그를 고문직에서 내쫓았다. 협박편지도 쇄도했다. 90년 1월 그는 우익단체 간부의 총에 맞았지만 살아났다. 일본에서 '양심적'이라는 게 얼마나 위험한 일인지 보여주는 대표적 실례로 꼽힌다. 그로부터

17년. '새 역사를 생각하는 모임' 같은 극우파들이 여전히 기승을 부리고, 지방정부는 "독도는 일본 땅"이라고 우긴다. 60년 세월이 흘러도 변함없이 '오노다 아류'의 정신이 판치는 일본에 무슨 기대를 할 수 있을지 암담할 뿐이다.

잘못된 열정을 찬양하는 사회는 또 다른 만행을 저지를 수 있다.

제7단계, 이제는 당신도 과거를 정리해야 하는 시기가 되었다.

64. 과시형 공부 시키면 아이를 죽인다

　흔히 교육은 투자라고 한다. 경제논리로 따지면 투자란 미래의 수익을 노리고 하는 것이다. 장차 수익을 낼 수 있을지 불확실하다면 안 하는 게 맞다. 지난해 우리 기업들이 투자를 꺼린 이유도 불확실성이었다. 교육 투자도 불확실성이 크다. 지금 아이를 열심히 학원에 보내고 과외를 시킨다고 장차 일류대에 들어간다는 보장은 없다. 아이의 능력은 부모 눈엔 잘 보이지 않는다. 무작정 돈을 들이다 일류대에 못 가면 투자수익률은 극히 낮아지는 셈이다. 기업이라면 이런 투자는 꺼릴 것이다. 그러나 학부모는 다르다. 오히려 불확실하기 때문에 더 투자하는지도 모른다. 그래서 사교육 수요는 어떤 입시제도하에서도 수그러들지 않았다.

　이 같은 특징 때문에 교육을 투자로 볼 수 없다는 반론도 있다. '가족경제학'의 전문가인 이탈리아의 알레산드로 시그노가 대표적이다. 그는 교육을 투자가 아닌 소비로 간주한다. 이를 전제로 자녀의 교육과 관련한 '질·양 모델'을 만들었다. 질이란 아이의 교육수준, 양은 자녀의 수를 가리킨다. 부모는 제한된 예산 내에서 자신이 가장 만족할 수 있도록 자녀의 수와 질의 조합을 정한다고 한다. 적게 낳아 많은 교육을 시키려는 부모가 있는가 하면, 교육은 덜 시키더라도 많이 낳아 기르려는 부모도 있다. 공부가 아이의 장래를 좌우할 경우 부모는 양보다 질을 택하게 된다. 적게 낳아 소비재원을 집중한다는 것이다. 반면 가치기준이 다양해져 공부 외에도 여러 가지 길이 있으면 교육소비가 줄어 자녀를 더 낳을 여유가 생긴다는 논리다. 이 모델이 시사하는 것은 교육이 부모의 과시형 소비로 전락할 수 있다는 점이다.

　질 높은(공부 잘하는) 아이는 부모에게 큰 자랑거리다. 그런데 이게 지

 교육은 아이가 아닌 부모를 위한 소비가 된다. 아이가 일류대에 들어가도록 하기 싫은 공부를 억지로 시키는 것은 부모의 과시욕을 만족시키기 위한 소비라는 얘기다. 우리 학부모들의 과열경쟁을 보면 설득력 있는 설명이다. 이렇게 되면 시장원리에 따라 수요와 공급을 조절하기 어려워진다. 그래서 교육을 경제처럼 다루지 못하는 모양이다. 꼬이고 꼬인 우리의 교육문제의 소비패턴이 문제이다. 나이가 어려도 지혜롭게 대처하면 현자가 된다.

65. 일병에서 장군으로

안용복

"주인 없는 섬을 먼저 차지한 쪽이 주인이 되는 것은 당연하다."(현재 돗토리현인 일본 호키령 영주) "그렇다면 내가 돌아가는 길에 일본의 해역에 흩어져 있는 무인도 하나를 취한 뒤 분쟁을 선언해도 되겠는가?"(안용복) 김래주씨가 최근 펴낸 소설 <대조선인 안용복>에서 안용복이 울릉도 및 독도의 영유권을 놓고 일본 영주와 담판을 짓는 대목이다.

울릉도는 독도와 함께 지증왕 때 신라의 조공국이 됐고, 고려 현종 때 고려 영토에 포함됐다. 그러다 조선 태종 때 이곳 주민을 육지로 옮긴 공도(空島)정책이 시행되면서 빈 섬이 되었다. 일본이 지금도 주장하는 '무주지(주인 없는 땅) 선점'의 근거다.

안용복은 일본의 이런 주장을 역사 기록 등을 내세워 반박해 일본 도쿠가와 막부로부터 울릉도와 독도가 조선 영토라는 각서(서계)를 받아낸 영웅이다. 그의 업적을 기려 울릉도 도동에 '안용복 장군 충혼비'가 세워져 있다. 하지만 그는 장군이 아니었고, 기록에 따르면 사노(私奴) 출신이었다.

우리나라에서 유일하게 일병에서부터 출발하여 장군이 된 사람이다. 오늘 이런 사람이 그리워지는 것은 무엇 때문일까?

66. 끝까지 정신을 놓지 말라

"나는 여자로서 가질 수 있는 거 모두 가졌습니다. 젊고 아름답고 돈도 많고, 많은 사람의 사랑을 받고 있으니까 외롭지도 않습니다……. 그런데 왜 공허하고 불행하다는 생각이 들까요?"

1962년 자살한 미국의 여배우 마릴린 먼로가 남긴 말이다. 약물 과다 복용으로 숨진 채 발견된 먼로의 한쪽 팔은 전화기 쪽에 닿아 있었다. 마지막 순간 도움을 청하고 싶었던 듯하다. 먼로의 세 번째 남편이었던 극작가 아서 밀러는 먼로를 돕고자 가장 애를 많이 쓴 사람이다. 그는 먼로에 대해 "파멸의 낭떠러지 가장자리에서 춤을 멈추지 않았다."며 "그녀를 돕기 위해 내 모든 정력을 쏟았지만 별로 성공적이지 못했다."고 회고했다.

먼로는 우울증에 시달렸다. 우울증은 흔히 '마음의 감기'로 불린다. 그

만큼 쉽게 걸리기도 하고 낫기도 하는 정신장애다. 문제는 감기가 만병의 원인이듯 우울증 역시 다른 중증 장애, 심할 경우 자살을 기도하게 하는 원인이 된다는 점이다. 누구나 기분 나쁜 일을 당하면 우울해진다. 그런 기분이 지나치게 오래 갈 경우엔 병이 된다. 심리학에서는 2주일을 고비로 본다. 몸이 건강하면 감기에 걸리더라도 조금 아프고 금방 낫듯 정신이 건강하면 우울이 오래가지 않는다.

우울증(멜랑콜리)이란 말은 2500년 전 히포크라테스의 사성론(四性論)에서 비롯됐다. 인간의 몸은 혈액, 황담즙, 점액, 흑담즙의 네 가지 체액으로 균형을 이루고 있는데, 이 가운데 흑담즙이 많아지면 우울증에 걸린다는 체질론이다. 멜랑콜리는 그리스어로 '검은 즙', 20세기 문턱에서 프로이트는 우울증을 '억압된 분노의 표출'로 분석했다. 체질과 무관하게 인간은 누구나 우울증 환자가 될 수 있다는 얘기다. 과잉이 흔히 결핍을 초래하듯 먼로처럼 모든 것을 가진 스타가 속으로는 더 공허하고 무기력해지기 쉽다.

나이가 들면 우울증에 자주 시달린다. 그렇다면 우울증에 자주 걸리는 사람은 조루증에 걸린 사람이라고 할 수 있다.

67. 눈높이를 맞추기 위해 낮추라

한 백화점에서 이런 일이 있었다. 서너 다섯 살쯤 되는 어린아이가 부모를 잃었는지 백화점 내를 이리저리 물며 다니는 것이었다. 한 점원이 어린아이에게 다가가 "애! 너 누구랑 왔니? 응! 누구랑 왔냐니까! 집은 어디냐? 이름이 뭐구!"하면서 아이에게 물었다. 그러나 아이는 겁먹은 듯 울기만 할 뿐 점원의 말에 한 마디도 대답하지 않는 것이었다. 바로 그 때 어린아이와 점원의 태도를 물끄러미 바라보고 한 신사가 곁에 다가와 자기가 들고 있던 가방을 열더니 그 안의 물건을 일부러 아이 앞에 쏟아버리는 것이었다. 그러자 그 때까지 울고 있던 아이가 울음을 그치더니 가방의 물건을 하나하나 주워서 신사에게 갖다 주는 것이었다.

신사는 물건 하나를 주워 올 때마다 아이의 머리를 쓰다듬으며 "그래, 참 착하구나."하는 칭찬을 잊지 않았다. 그렇게 해서 마지막 물건을 아이가 집어오자 신사는 아이에게 부드럽게 물었다. "넌 정말 착한 아이구나. 그래 너의 집이 어디지?" 신사의 부드러운 말씨에 마음이 놓였든지 마침내 길 잃은 아이는 순순히 입을 여는 것이었다. 어린 아이도 이렇게 자기의 마음을 읽어주면 마음의 문을 연다. 어른들 역시 그렇다. 어떤 비즈니스에도 상대의 입장을 이해하고 공감대를 형성하지 못하는 한 성공을 약속받을 수는 없다. 공감대를 형성하기 위해서 눈높이를 맞추는 것이 현자의 지혜이다.

68. 늙을 것인가, 진화할 것인가?

마흔이 위기의 나이인 건 틀림없다. 마흔 줄에 들어선 사람들은 대부분 더 이상 젊지 않다는 사실에 자신감을 잃으며, '머리가 굳어서' 새로운 것을 시작할 수도 없다고 생각한다.

그러나 이건 마흔이라는 나이를 '두 번 죽이는' 터무니없는 거짓말이다. 그보다는 "나이가 들면서 머리가 잘 안 돌아 가는 사람이 있다"고 하는 것이 맞는 말일 것이다.

세상에는 두 부류의 사람이 있다.

나이를 먹을수록 늙기만 하는 사람과 진화하는 사람.

당신은 어느 쪽을 선택하겠는가?

'노화=머리가 굳어지는 것'이라는 공식은 참이 아니다.

'노화'란 육체적으로 쇠퇴하는 것이고, 누구도 피할 수 없는 일이다. 이에 비해 '머리가 굳어지는 것'은 삶의 방식과 사물에 대한 사고가 경직된

것으로 나이와는 상관이 없다. 젊은 나이에도 성장을 멈춰버린 사람들을 보라. '귀찮다'라든가 '어차피'라는 말을 입버릇처럼 달고 사는 무기력한 자폐증 환자는 또 얼마나 많은가.

머리와 마음이 젊으면 몸도 자연히 젊어진다. 이건 절대 거짓말이 아니다. 핵심은 '유연한 사고와 열린 마음'이다. 여기에 이르는 실질적인 방법론을 제시한다. 그것이 바로 '머리 체조'이다. 방안들을 살펴보면 이미 젊게 사는 사람들이라면 자연스럽게 체득한 것이다. 전혀 어렵지 않고, 게다가 기발하고 재미있기까지 하다는 것이다.

69. 마흔 네 살의 다짐

　시민운동에 열심히 참여하는 코미디언 김미화가 강남의 저 유명한 타워 펠리스에 산다는 말을 들었다. 20대였다면 필시 나는 그를 위선자라 여겼을 것이다. 그러나 지금은 다르게 생각한다. 타워 펠리스(이 건물은 이제 어떤 가치를 상징하는 추상명사가 되었다)에 압살 당하지 않은 그이의 선한 의지를 있는 그대로 존경한다.

　나이가 들면서 참 많은 것들이 변한다. 이를테면 '절대로'라거나 '결코'란 말을 거의 쓰지 않게 되었다. '절대로 그럴 사람이 아닌…' 사람이 그렇게 변하는 걸 보았고, '결코 그렇지 않을…' 일들이 그렇게 되는 걸 경험했기 때문일 것이다.

　아름답고 멋진 말에 쉽사리 감동하지 않으며, 누군가를 심판하거나 단죄하는 말에도 쉬이 동의하지 않는다. 누추한 현실을 견디는 힘이 없으면 아름다운 이상은 한낱 수사와 몽상에 불과하며, 인간은 지극히 자기중심적 이어서 모든 견해는 반대편의 입장에서 다시 한 번 살펴보아야 함을, 정면에는 반드시 이면이 있음을 스스로의 부끄러운 경험을 통해 배웠기 때문일 것이다.

　또 예전엔 정치적 입장을 기준으로 사람에 대한 호의를 쉽게 결정하곤 했으나 이젠 '같은 편에 선 기회주의자보다는 진정한 시민과 고상한 보수주의자' 에게 더 호감이 간다. 갈수록 무언가 주장하는 말을 하기가 부담스러워지는 것도 나이 들면서 생긴 변화이다.

　'주장에는 책임이 따르며, 모든 주장은 결국 삶으로 증명되는 것' 이라는 두려운 진실을 깨달아서인데, 아무리 옳은 주장이어도 내 감량으로 책임질 수 없는 것이라면 그만 입을 닫고 싶은 것이다. 이제껏 내뱉은 주장만으로도 내 어깨는 휘어질 것 같으니.

벌써 마흔 넷, 생각해 보니 나는 20대에 많은 '마흔 넷'을 목격한 바 있다. 그 때 내 눈에 비친 '그들의 마흔 넷'은 우유부단하고 속물적이고 기회주의적이고 흐리멍텅하고 무의미했다. 오늘의 20대가 목격하는 나의 마흔 넷도 아마 그와 같을 것이다. 그렇다고 해도 조금도 억울하지 않다. 원칙은 시퍼랬으나 미숙하기 짝이 없었던 내 눈길을 덤덤히 받아주었던 20년 전의 그들처럼, 나 역시 그 어떤 항변이나 해명의 필요성을 느끼지 않는다. 마흔 넷은 자기 얼굴에 책임을 져야만 할 나이인 것이다.

설날 저녁, 공연히 이 책 저 책을 뒤적이다가 예전에 내가 밑줄을 그어 놓은 구절들을 읽었다. 그리고 그 구절 전후에서, 진짜로 밑줄을 긋고 싶은 구절들을 새로 발견했다. 이를테면 막스 에르만의 잠언시에 나오는 다음과 같은 구절들. 많은 사람들이 높은 이상을 위해 노력하고 있고 모든 곳에서 삶은 영웅주의로 가득하다지만 너는 너 자신이 되도록 힘써라.

부끄럽고, 힘들고, 깨어진 꿈들 속에서도
아직 아름다운 세상이다.
즐겁게 살라. 행복하려고 노력하라.

- 유시주 -

당부의
일곱 가지
노트

70. 아픔을 즐겨라

현대의 산업영웅' 아이아코카도 정리해고라는 쓰라린 경험을 갖고 있다. 그는 대학을 졸업하고 포드자동차에 입사해 젊음과 열정을 바쳤다. 자동차 '무스탕'을 개발해 회사에 엄청난 흑자를 안겨 주었다. 그러나 쉰다섯 살에 정리해고를 당하고 말았던 것이다. 그는 배신감과 증오에 몸을 떨었다. 친구들은 쉰다섯의 나이로는 재기가 불가능할 것이라고 예상했다. 그 절망의 순간에 아이아코카는 파산 직전의 크라이슬러사를 인수했다. 그리고 해고당한 지 5년 만에 8억 달러의 빚을 모두 갚고, 크라이슬러사를 세계적인 기업으로 성장시켰다. 건전한 복수심과 투지가 사업을 성공으로 이끈 원동력이었던 것이다.

그는 '자유의 여신상'을 복구하고 '당뇨병센터'를 운영하는 등 사회를 위해 많은 봉사를 했다. 아이아코카가 정리해고의 고통을 딛고 일어서기까지는 가족의 격려가 결정적이었다고 한다. 그는 사랑하는 아내와 두 딸을 위해 항상 주말을 비워두었다. 그의 철학은 인생의 7분의 2를 가족을 위해 할애하는 것이었다. 실직으로 인해 뼈아프게 깨달은 철학이다.

고난을 당할 때 가족만이 유일한 도움이다. 고난의 때일수록 가족의 사
랑이 필요하다는 것이다. 신이 당신에게 주신 가정을 위해 7분의 2를 할
애하라.

71. 꿈에 의해 위대해진다

우리는 꿈에 의해 위대해진다. 모든 위대한 인물들은 꿈꾸는 사람들이었다. 그들은 봄날의 부드러운 아지랑이 속에서, 그리고 긴 겨울밤의 빨간 불빛 속에서 사물들을 본다. 우리들 중 어떤 사람들은 위대한 꿈을 버리지만, 다른 사람들은 꿈을 키우고 보호 하고 보살펴서 어려운 날들을 지나 밝은 햇빛으로 이끈다. 꿈이 반드시 실현될 것이고 진심으로 믿는 사람들에게는 항상 빛이 비출 것이다. -우드로우 윌슨

독창성이란 다른 사람이 전에 말한 적이 없는 것을 말하는 데 있는 것이 아니라, 당신 자신이 생각하는 것을 말하는 데 있는 것이다. -제임스 스티븐

성공의 궁극적인 목표는 자신이 하고 싶은 일을 할 수 있는 시간을 가질 수 있게 되는 것이다. -레온타인 프라이스(미국 소프라노가수)

우리 자신을 다른 사람들의 기대로부터 자유롭게 하는 것, 우리 자신을 되찾는 것, 거기에 자존심의 위대한 힘이 있다. 그 힘이 없다면 우리는 결국 자신을 찾기 위해 도망가서는 집에 아무도 없다는 사실을 깨닫게 된다. -조안 디디온(자존심)

나는 탐험과 모험을 위한 시간, 내가 좋아하는 일을 하는 열정, 그리고 단순한 일들의 아름다움을 인식하는 것을 원했다. -캐롤 오스본 (이젠 그만하면 충분하다)

당신을 다른 사람으로 만들려고 밤이나 낮이나 최선을 다하고 있는 세상에서 자기 자신으로 산다는 것은 인간으로서 가장 어려운 싸움이며 결코 끝이 없는 싸움이다. -e.e. 커밍스

심리학에서는 개인의 운명에 대해 연구하는 것을 꺼려하지만, 그럼에도 불구하고 심리학자들은 사람들마다 고유한 특성을 가지고 있으며 개개인이 이 세상에 하나밖에 없는 사람이라는 것을 분명히 인정하고 있다. -제임스 힐먼

이렇게 바쁘게 일을 하는 한 가지 이유는 도전정신 때문입니다. 엄청나게 많은 일을 마칠 때마다, 저는 이렇게 생각합니다. 이보다 더 많은 일을 할 수 있을까? 더 빨리 일을 처리할 수 있을까? 나의 능력의 한계는 어디까지인가? -리차드(경영컨설턴트, 42살)

가끔 저는 너무나 일이 많아서 쓰러지고 말 것 같은 기분을 느낍니다. 기적적으로 일을 잘 끝냈을 때는, '그래. 바로 이거야!'라고 혼자서 속삭이면서 내 자신이 원더우먼이 된 것 같은 기분입니다. -이사벨(홍보담당임원, 여성가장)

바쁘게, 너무나 바쁘게 하루하루를 보내면서 우리의 인생은 너무나 빠르게 지나간다. 창조적인 표현과 자기실현과 성장의 꿈을 다 이루기도 전에 인생이 지나가버리는 것이다. -캐롤 오스본 (이제 그만하면 충분하다)

여행에서 가지고 돌아오는 가장 소중한 선물은 일상에서 특별한 것을 발견할 수 있는 능력이다. -에릭 핸슨 (여행자-미국인의 히말라야 오디세이)

당신이 작은 아이가 되지 않으면, 즉 당신이 다섯 살 때 가졌던 똑같은 미래에 대한 흥분감과 인생에 대한 흥미를 갖고 깨어나지 않으면, 당신은 신의 나라로 들어갈 수 없다. -도로시 세이어즈(추리소설 작가)

나는 원시적인 경외심을 계속 유지하고 싶었다. 나는 넓게 펼쳐진 공간으로 달려 나가고 싶었다. 버스와 기차는 타지 않을 것이다. 그것은 순례의 행진이기 때문이다. 나는 걸어서 이스탄불로 갈 것이다. 지팡이를 짚고 배낭을 메고 발아래 놓인 열린 길을 느끼며 걸어갈 것이다. 그것은 전율이 느껴지는 이미지였다. 광대한 하늘 아래 머리를 풀어헤친 한 사람이 빵조각을 큰 주머니에 가득 담고 호리병을 등에 메고 터벅터벅 걸어가는 모습. 그는 어른이 되었지만 상관없었다. 그는 방랑자였기 때문이다. -제이슨 구드윈 (골든 혼을 향해 걸어가다)

불편한 것은 모험의 어머니다. -주디스 비오스트

우리가 완전히 잊고 있는 중요한 사실은 사회가 평가하는 성공을 하기 위해, 개성을 억압해야 한다는 사실이다. 인생에서 우리가 경험했어야 할 너무나 많은 부분들이 먼지가 내려앉은 기억 속의 은신처에서 잠자고 있다. -칼 융

직업세계에서 자신이 하고 싶은 일을 자유롭게 결정하는 사람들은 매우 흥미로운 사람들이다. 이들 중 대부분은 40대이며 그들은 경력을 쌓기 위해 많은 시간과 노력을 투자했지만 이제는 그렇게 산다고 해서 결국 행복해질 수는 없다는 사실을 깨닫고 있다. -제임스 포트우드

싫어하는 사람들에게 인정받고 필요 없는 물건들을 살 돈을 벌기 위해 하기 싫은 일을 하며 사는 이상한 인종들, 나는 그 가운데 한 사람이었다. -에밀리 헨리 고브로

쥐들의 경주에서 문제는, 비록 이기더라도 우리는 여전히 쥐에 불과하다는 것이다. -릴리 톰린

사랑은 숨 막히는 흥분이 아니다. 그것은 단지 사랑에 빠지는 것으로써 어떤 바보라도 할 수 있는 일이다. 사랑 자체는 열정적 사랑이 사라졌을 때 남는 것이며 그것은 기술이며 동시에 행운이기도 하다. 당신의 어머니와 나도 그것을 가졌고, 우리는 땅 아래에서 함께 자라는 뿌리를 가졌다. 그리고 모든 아름다운 꽃들이 우리의 나뭇가지에서 떨어졌을 때, 우리는 우리가 하나의 나무였다는 사실을 알게 되었다. -루이 드 베르니에르 (코렐리의 만돌린)

비판하면 남녀관계가 더 강화된다. 왜냐하면 남자의 감정을 자극시키기 때문이다. 먼저 남자를 칭찬함으로써, 그가 나중에 당신의 비판을 참을 만큼 감정적으로 강한지 확인해보라. 틀림없이 그가 어떤 부문에 민감한지 알아낼 수 있을 것이다. '벤, 당신은 키가 약간 작지만 아주 사랑스러

워. 당신은 가끔 키가 더 컸으면 하고 바라지?'… 자신의 감정을 드러내지 않는 법을 배워라. -마가렛 켄트 (당신이 선택한 남자와 결혼하는 법)

욕망의 굴레에서 벗어난 것을 슬퍼하는 불쌍한 노인들에게 귀를 기울이지 마라. 그들은 욕망에 사로잡혀 지냈던 것을 슬퍼해야 할 것이다. -페트라크

소크라테스, 당신은 아직도 여자들과 관계를 갖고 있습니까? 웃기는 소리! 나는 여자들에게서 벗어나서 너무 기쁘네. 마치 야만적인 주인에게서 풀려난 노예 같은 기분일세! -플라톤

태양은 너무나 차갑게, 너무나 차갑게 빛난다. 아무도 사랑의 눈으로 나를 쳐다보지 않으면. -조지 엘리엇

'진짜 시인은 미남미녀가 아니야. 왜냐하면 시인들이 미남미녀라면 시를 쓸 필요를 못 느꼈을 것이기 때문이지. 아름다운사람들은 특별해. 그들은 우리 같은 보통 사람들과 다른 삶을 살지.'라고 죤 베리먼은 상당히 심각하게 말하고는 이렇게 덧붙였다. '하지만 레바인 걱정하지 말게. 당신은 위대한 시인이 될 수 있을 만큼 못생겼으니까.' -필립 레바인

아름다움은 진실이고 진실은 아름다움이다. 그것이 지상에서 우리가 아는 전부이고 우리가 알아야 할 모든 것이다. -키이츠

젊은 여성은 시간과 고민에 의해 통제되지만, 나이 든 여성은 인간이

알고 있는 어떤 힘으로도 통제할 수가 없다. -도로시 세이어즈(추리소설
작가)

　일반적으로 알려진 미신에 따르면, 젊음이 더 낫다. 따라서 우리는 행
복하고 여유 있게 사는 사람들은 대부분 젊은 사람들일 것이라고 생각한
다. 그러나 실제로, 내가 연구하는 과정에서 계속 일관되고 분명하게 발
견한 한 가지 사실은 노년이 더 낫다는 것이다. -게일 쉬하이

　남자들은 여자들처럼 늙으면 모든 것이 나빠질까봐 두려워한다. 중년
에 항상 느끼는 걱정은 대개 약간 오르막길이 있은 후에는 바로 모든 것
이 내리막길이라는 확신에서 비롯된다. -게일 쉬하이 (길을 찾는 사람들)

　몸은 서른 살에서 서른다섯 살까지 최고의 상태이고 마음은 마흔아홉
에 최고의 상태가 된다. -아리스토텔레스 (수사학)

　메일러는 어떤 특정한 나이였던 적이 없다. 그는 마치 경험의 여러 가
지 모형들처럼 자신 안에 다른 나이들을 지니고 다녔다. 그의 마음속에는
여든, 쉰일곱, 마흔여덟, 서른여섯, 열아홉 등등 여러 가지 나이가 있었다.
그는 지금 갑자기 쉰일곱에서 서른여섯으로 돌아갔다. -노먼 메일러 (밤
의 군대들)

　인생은 현실이다. 인생은 진지하다. 무덤이 인생의 목적은 아니다. 사
람은 흙으로 지어졌으니 흙으로 돌아가리라는 말은 영혼에 대해 이야기
한 것은 아니었다. -워즈워드 롱펠로우

소위 외상적 경험(충격적 경험)이라는 것은 우연이 아니라, 아이가 끈기 있게 기다려온 것을 성취할 수 있는 기회이다. 그 경험이 없었다고 해도 다른 경험을 하게 되었을 것이다. 그런 경험을 한 목적은 존재의 필요성과 방향을 찾기 위해서이고, 진지하게 인생을 살기 위해서이다. - W.H. 오든

어떻게 시간이 실존할 수 있는가? 과거는 더 이상 존재하지 않고, 미래는 아직 오지 않았으며, 현재는 실체가 없고 눈에 보이지도 않는데? -아르키투스(그리스 철학자)

도대체 시간이란 무엇인가? 아무도 나에게 묻지 않는다면 나는 시간이 무엇인지 안다. 그러나 누가 설명하라고 하면 나는 모른다. -성 아우구스티누스

시간이 흐르면 나는 밝은 햇빛에 있다가 그늘 속으로 들어갈 것이라고 생각했다. 나는 봄 말고는 다른 계절을 결코 원하지 않았다. -주디스 비오스트 (필요한 손실)

나는 건강만 유지한다면 아마도 최상의 컨디션으로 25년은 더 살 수 있을 것이라고 생각했다. 그렇다고 해서 대중들이나 자신이나 나의 작품에 대해 25년 동안 계속 관심을 가져줄 것이라는 의미는 아니었다. 단지 내가 정열적으로 일할 수 있는 시간이 그만큼 남았다고 생각한 것뿐이다. 이제 다시는 젊어질 수 없다는 사실을 깨닫고 나는 깜짝 놀랐다. 그 때문에 우울해졌다는 것은 아니고, 다만 정신이 번쩍 들었다는 것이다. -리타 메이 브라운 (처음부터 시작하다)

아무런 준비도 안 된 상태에서 우리는 인생의 오후로 들어선다. 더 나쁜 것은 지금까지 우리가 믿고 의지해왔던 진실과 이상들이 앞으로도 계속 우리를 보살펴줄 것이라는 잘못된 생각을 갖고 이 시기를 맞이한다는 것이다. 그러나 우리는 인생의 오전을 지배했던 프로그램에 따라 인생의 오후를 살 수는 없다. 왜냐하면 인생의 오전에는 중요했던 일들이 저녁에는 하찮아질 것이고, 아침에 진리였던 것이 저녁에는 거짓이 될 것이기 때문이다. -칼 융 (영혼을 찾는 현대인)

신경세포의 수지상(나뭇가지 모양) 돌기는 마치 근육조직과 비슷하다. 사용할수록 성장하는 것이다. 노년에도 새로운 언어를 배울 수 있는 것은 수지상 돌기의 작용 때문이다. -아놀드 셰이벌

암탉은 단지 계란을 다른 계란으로 만들기 위한 수단에 불과하다. -새뮤얼 버틀러

자기 자신과 똑같은 후손의 생존과 재생산에 도움이 되는 유전자들은 승리하는 유전자이다. 그 유전자가 할 일을 어떻게 하든, 그 유전자들이 볼 때 그것은 이기적이다. 따라서 리차드 도오킨의 책 제목이 '이기적 유전자'인 것이다. -로버트 라이트 (도덕적 동물)

내가 가는 길이 항상 녹색 신호등일 것이라는 확신이 사라져버렸다. 어렸을 때 칭찬받은 나의 순종적인 덕목들을 계속 발휘하면 당연히 우등생도 탈 수 있고, 행복해지고, 명예도 얻고, 멋진 남자에게 사랑을 받을 수 있으리라는 즐거운 믿음이 사라져버린 것이다. -조안 디디온 (베들레헴

으로 가는 길)

나의 자아도취가 아주 재미있다고 생각하지 않나요? -노먼 러쉬 (짝
짓기)

중년의 위기란 결국 목적지에 도착해서 그곳에 있을 것이라고 생각했
던 것이 없다는 것을 발견하는 것을 말한다. -거트루드 스타인

나는 이제 마흔이 되었다. 40년을 살았다면 거의 인생을 다 산거나 마
찬가지다. 마흔 살은 아주 늙은 나이다. 마흔 살 이후에도 계속 산다는 것
은 꼴사나울 뿐 아니라, 구역질나고, 부도덕한 짓이다. 마흔 살 이후에도
계속 살아가는 사람들은 어떤 사람들인가? 솔직하고 진실하게 대답해보
라. 내 생각에 그들은 강도거나 바보들이다. -도스토예프스키

나는 마흔이 되어서야 비로소 젊음을 느끼기 시작했다. -헨리 밀러

하지만 그 때는 지금보다 훨씬 나이 들었었지. 지금 나는 그 때보다 오
히려 더 젊어졌다네. -밥 딜런 (내 인생의 뒷이야기)

중년은 이제 속도를 늦추고 후세들을 위해 뭔가 물려주어야 할 시간
이다. -칼 융

중년 시기는 새로운 것을 창조하는 작업은 이제 끝났고 지금까지 이
루어 놓은 것을 유지해 나갈 때이다. -에릭 에릭슨

72. 그래도 밀물은 온다!

　강철왕 카네기의 사무실에는 커다란 그림이 하나 걸려 있었다고 한다. 유명한 화가의 그림이거나 예술품으로 가치가 있는 것도 아니었다. 단지 썰물이 빠질 때에 함께 밀려나가 모래사장에 아무렇게나 던져져 있는 나룻배 한 척과 노가 그려진, 무척 어둡고 처량한 느낌이 드는 그림이었다. 그 그림 밑에는 '밀물은 반드시 온다'라는 글귀가 적혀 있었다.

　한 사람이 그 그림의 사연을 물었다. '나는 젊었을 때 이 집 저 집을 돌아다니며 물건을 팔았네. 하루는 물건을 팔러 갔다가 어떤 노인의 집에서 이 그림을 보았지. 그림이 인상적이었고, 무엇보다 글귀가 감동적이었어. 시간이 지나도 그 그림과 글씨가 머릿속을 떠나지 않았네. 그래서 나는 노인을 찾아가 정중히 부탁했고, 그분은 그림을 나에게 주었지.' 그림에 얽힌 사연을 말한 카네기는 그림을 다시 한 번 쳐다보고 한 마디 덧붙였

다. 나는 이 그림을 언제나 잘 보이는 곳에 붙여 놓았지. 그리고 어려움이 밀려와 내게서 무언가를 휩쓸어갈 때마다 그림을 보면서 내 자신에게 다짐하듯 말했어. '밀물은 반드시 온다' 썰물처럼 모든 것들이 한꺼번에 삶의 저편으로 밀려나가 버릴 때, 아무리 애쓰고 힘써도 나룻배를 다시 움직일 수 없을 때, 그 때가 바로 하나님을 기대할 때이다.

73. 마지막 혀를 잘 놀리라

의학계에 종사하는 사람들조차도 잠언 18:21의 말씀을 진리라고 인정하고 있다. '죽고 사는 것이 혀의 권세에 달렸나니.' 최근에 저는 어떤 의사로부터 자기 병원에서 일어났던 일을 듣게 되었다. 그가 자기 환자 가운데 한 사람에게 반드시 수술을 받아야만 한다고 말했는데, 그 환자가 '만일 당신이 저를 수술하게 되면 저는 죽습니다!'라고 말하더라는 것이다. 그 말 때문에 그 의사는 수술을 하지 못하고 환자를 퇴원시켰다. 나중에 한 젊은 의사가 그에게 물었다. '선생님, 수술 받아야 할 환자를 퇴원시키셨다고 들었습니다. 왜 그렇게 하셨는지요?' 그 의사는 '그 이유는 내가 죽음을 가져올 것이라고 그가 말했기 때문입니다!'라고 했다. 그 의사는 말의 권세를 알고 있었던 것이다.

당신이 하는 말에는 능력이 있다! 믿음으로 가득 찬 말을 하는 것은 마치 자석이 금속을 끌어들이듯 하나님의 복을 당신에게로 끌어온다. 어려운 문제가 닥치기 전에 먼저 부요나 성공을 말하고 고백하라. 성공은 당신이 그것을 묵상하고 고백하며 시인할 때 온다. 성공을 당신의 입술에 두고 고백하라! 이것을 생활화하라! 혀에는 권세가 있다.

'어제는 부도난 수표 같은 것이고, 내일은 보장 없는 어음 같은 것이지만 오늘은 사용가능한 현찰이다. 그러니 지혜롭게 사용하라.' 지혜로운 사람은 오늘 주어진 삶을 충실하게 최선을 다해서 순간순간 깨끗하고 아름답고 성실하게 살아간다. 하루하루 금 같은 세월이 흘러가는데 이것을 그냥 흘려보낼 수는 없다. 그냥 흘려보내면 우리는 인생을 망치는 것이다. 그런 의미에서 풀 마이어의 이야기에 동의한다. '대야에 담긴 물을 발로 차서 쏟아버리는 것이나 조그마한 구멍을 통해서 한 방울 한 방울 흘려보내는 것이나 결과는 똑같다.' 어떤 엄청난 실수를 해서 인생을 단번에 망치는 것이나 주어진 하루하루의 삶을 성실하게 가꾸지 못해서 인생을 망치는 것이나 똑같다. 말은 한 번 흘려보내면 주워 담을 수 없다. 성공을 위해 혀를 사용하라.

74. 충고에 민감하라

　　당신이 성장하기를 원한다면 다른 사람의 말을 신중하게 들을 줄 아는 귀를 열어놓아야 한다. 만일 당신이 남에게 귀를 기울이기 위해 침묵하지 않으면 당신이 성숙해지는 데 아무런 도움을 받지 못한다. 말을 많이 하지 않고 다른 사람의 말에 귀를 기울여야 한다고 다짐하기 전에 먼저 해야 할 일이 있다. 그것은 다른 사람도 무엇인가 값있는 말을 할 수 있다고 깨닫는 것이다.

　　당신이 만나게 되는 사람이 무언가 중요한 것을 갖고 있다는 생각을 가져라. 그러면 당신은 누구에게든지 교훈을 얻을 수 있을 것이다. 남에게 귀를 기울이는 것은 새로운 것을 배울 수 있는 기회를 제공하고, 당신이 미처 알지 못했던 인생의 보화들을 얻게 해줄 것이다. 남의 말에 귀를 기울이는 사람처럼 상대방을 이해하고 진정으로 사랑하는 사람은 없을 것이다. 오직 자기만이 모든 것을 알고 있다거나 자기 의견만 언제나 옳

다고 생각하는 것은 교만이다. 따라서 당신은 자신이 얼마나 다른 사람의 말에 귀를 기울이는지, 혹시 자신이 지나치게 말이 많지 않은지 살펴보아야 한다. '다 알고 있다'라는 말은 자기는 물론, 다른 사람도 진정으로 사랑하지 않는다는 증거다.

　서양 속담에 이런 말이 있다. "귀가 둘, 눈이 둘, 입이 하나인 것은 많이 보고 듣되 적게 말하라"는 하나님의 뜻이다.

75. 분노할 때 분노하라

　말하기도 속히 하고 성내기도 속히 하게 되는 몇 가지 분명한 이유가 있다. 그 이유는 대부분 육체적으로 피로가 쌓여 있거나, 생리적인 현상, 또는 감정적으로 침체되어 있거나 영적으로 메말라 있기 때문이다. 또한 나의 권리를 침해받고 있다고 느낄 때 화를 내게 된다. 나는 나의 방법대로, 나의 시간 계획을 따라, 내가 편리한 대로 일을 처리하기 원한다.

　그러나 인생은 대개 그렇게 되지 않는다. 사실 의의 분노를 제외한 그 밖의 다른 모든 분노는 나와 나의 감정을 첫 자리에 두고 있는 데서 발생한다. 분노를 해결하기 위해서는 자제력이 필요하다. 감정적인 사람일수록 화가 날 때는 한 발짝 뒤로 물러서서 참으며, 자제력을 다시 찾아야 한다. 또한 사태를 악화시키는 말이나 퉁명스런 말은 하지 말아야 한다. 19세기 한 설교가가 말했던 경구가 하나 있다. '화가 날 때는 열심히 이야기를 하십시오. 그러면 당신은 평생을 두고 후회할 멋진 명연설을 하게 될 것입니다.' 성장하고 있는 사람이라면 삶 가운데 점점 더 자제력을 발휘함으로 화를 내는 일이 줄어들어야 한다. 성장의 한 표지가 바로 여기에 있다. 즉, 화를 참으며 다른 의견들을 수용하며 문제를 다루고 해결하는 능력을 키움으로써 절제의 성품을 나타내 보이는 것이다.

　모든 사람은 감정탱크, 사랑은행, 감정계좌 등 다양하게 불리는 것을 가지고 있다. 개인적으로 나는 스테판 코비의 용어인 감정계좌를 좋아 한다. 예금계좌와 마찬가지로, 우리는 이 감정계좌에 입금을 하고 출금을 한다. 우리가 말을 하는 것, 시간을 함께하는 것, 의미 있는 대화를 나누는 것, 서로를 돕는 것, 재미있고 충실한 파트너가 되는 것-이 모든 것들은 우리가 입금과 출금을 할 수 있는 몇 가지 부분들이다. 부부가 함께 하지 않거나 사랑을 느끼지 못하거나 별거나 이혼을 생각하고 있는 것은 한쪽 또는 양쪽의 감정계좌가 바닥을 드러내고 있거나 완전히 비어 버렸기 때문이다. 부부는 감정적으로 배우자를 파산시킬 때 이혼한다. 대금을 항상 늦게 결재해 주는 사업가가 어리석은 것과 같이 필요할 때에 아내의 감정계좌에 입금을 하지 않는 남편도 어리석기는 마찬가지이다. 우리들 모두는 출금을 하고 있다. 문제는 어떻게 하면 출금보다 더 빨리 입금을 하느냐는 것이다. 당신이나 당신 아내가 하는 모든 일은 입금 아니면 출금이다. 우리 아내의 계좌에 사랑과 신뢰의 저수지를 만들자. 오늘, 바로 지금 당신의 감정계좌에 있어 입출금의 균형 상태는 어떤가? 당신은 아내의 감정계좌에 대해서 어떻게 평가하겠는가?

76. 이상한 부고장을 남기라

　　1989년 미카엘 골드스타인 교수의 장례식을 알리는 부고장은 일반적인 부고장과 전혀 달랐다. 장례식에 참가할 조객들에게 이런 부탁을 했다. '첫째, 고인의 뜻에 의해 꽃다발을 일체 사양합니다. 둘째, 모든 조객들은 꽃다발 대신 현금으로 조의를 표하십시오. 셋째, 모아진 조의금 총액과 고인의 유산은 평소에 고인이 즐겨 찾으며 도와주었던 하노버에 있는 장애자 시설에 헌납됩니다. 넷째, 조의금을 보내신 분은 다음의 은행 구좌로 입금시키십시오.' 미카엘 골드스타인 교수는 구소련에서 독일로 망명한 바이올린 연주의 대가였다.

　　그는 돈에 대한 애착이 대단했다. 고인의 의식주 생활을 아는 사람들은 그를 향하여 돈밖에 모르는 사람이라고 흉을 보기도 했다. 그는 시력을 상실하여 사람을 가까이서도 잘 알아보지 못했다. 그리고 두 차례에 걸쳐서 위암 수술을 받아야만 했다. 그런데 자신이 기억하고 있는 음악적인 지식과 악보가 지워질까봐 마취도 하지 않은 채 두 번의 수술을 받았다. 그러나 결국 죽고 말았다. 그가 죽은 후 많은 사람들은 그가 살아생전에 그렇게도 근검절약하며 살았던 것이 비단 두고 온 소련의 가족들만을 위함이 아니라는 사실을 깨닫고 자신들이 흉보았던 것을 부끄러워했다. 오늘도 이런 이상한 부고장을 사회는 원하고 있는데…….

77. 지혜를 조직에 남겨라

이순신 장군의 군대는 강했다. 거기에 못난 병졸은 없었다. 일본의 전함과 전투를 할 때에는 거의 전사자가 없었다. 반면에 왜군의 목은 수백 수천씩 베었다. 그들은 도무지 적군을 무서워하지 않았다. 그들 모두는 전투의 경험이 풍부하였다. 백성들은 우리 수군의 함선이 나타나면 든든해했다. 하지만 대장이 바뀌자 상황은 달라졌다. 원균이 사령관이 된 것이다. 요즘에는 그를 다시 해석해서 어쩔 수 없이 실패한 장수로 여기지만, 하지만 한 가지는 분명하다. 그는 패전했다. 원균으로 인해 무적의 조선 해군은 단 한 번의 전투에 궤멸되고 말았다. 그리고 태반이 전사하고 만다.

이순신 밑에 있던 같은 병사들이 그냥 무력하기만 한 존재들로 나타난다. 나라를 방어할 실력이 없었던 것이다. 여기에서 소속이라는 것이 대단히 중요함을 알 수 있다. 똑같은 군사들이 강하기도 하고 약하기도 하다는 것이다. 왜 그럴까? 누구의 부하냐는 것이 중요하다는 말이다. 수군은 당시에도 사람대접을 못 받았다. 뱃놈이라는 것이다. 그럼에도 불구하고 당시의 수군은 자부심으로 충만했다. "우리는 이순신의 군대입니다." 그러므로 죽는 것을 무서워 하기는 커녕 전사를 오히려 영광으로 여겼다.

21세기는 '지식사회(knowledge society)'로 규정된다.

최근 경영학계에는 전통적 리더십 모델에 대한 대안 중 하나로 '서번트 리더십(Servant Leadership)'에 관심이 집중되고 있다.

1996년 4월 미국의 경영 관련 서적 전문출판사인 조세이-바스사가 '서번트 리더되기(On Becoming a Servant-Leader)'를 출간한 것을 계기로 많은 경영학자들 사이에 회자되기 시작했다.

그린리프에 따르면 서번트 리더십은 '타인을 위한 봉사에 초점을 두며 종업원, 고객, 커뮤니티를 우선으로 여기고 그들의 욕구를 만족시키기 위해 '헌신하는 리더십'이라 정의할 수 있다.

최근 미국의 경영학계에서는 이러한 서번트 리더십이 리더십 관련 문헌에서 자주 다뤄지고 있고 3M, 인텔, HP 등을 비롯해 많은 기업들도 교육훈련 프로그램에 서번트 리더십 워크숍을 포함시키고 있다.

서번트 리더십 프로그램에 앞장서고 있는 미국 인디애나폴리스시 소재 그린리 프 연구센터의 스피어즈 연구소장은 '서번트 리더'의 주요 특성을 다음과 같이 제시하고 있다.

- 경청(Listening)=부하를 존중과 수용적인 태도로 이해하는 것이다. 리더는 적극적이고 능동적으로 경청해야 부하가 바라는 욕구를 명확히 알 수 있다.
- 공감(Empathy)=공감이란 차원 높은 이해심이라고 할 수 있는데 리더는 부하의 감정을 이해하고 이를 통해 부하가 필요한 것이 무엇인가를 알아내고 리드해야 한다.
- 치유(Healing)=리더가 부하들을 이끌어 가면서 보살펴줘야 할 문제가 있는 가를 살피는 것이다.
- 스튜어드십(Stewardship)=서번트 리더는 부하들을 위해 자원을 관리하고 봉사해야 한다.
- 부하의 성장을 위한 노력(Commitment to the growth of people)=리더는 부하들의 개인적 성장, 정신적 성숙과 전문 분야에서 발전하기 위한 기회와 자원을 제공해야 한다.

● 공동체 형성(Building community)=리더는 조직구성원들이 서로 존중하며 봉사하는 진정한 의미의 공동체를 만들어 가야 한다.

이순신의 리더십이 바로 이런 유형이었다. 지혜를 조직에 심는 것이 현자가 해야 할 일이다.

40대여! 아파하기엔
당신은 너무 젊다

초판 1쇄 2013년 7월 30일

●

지은이 – 김재헌
펴낸이 – 채주희
펴낸곳 – 해피 & 북스

●

서울시 마포구 신수동 448-6
출판등록 – 제10-1562호(1985. 10. 29)

●

TEL – (02)323-4060, 6401-7004
FAX – (02)323-6416
e-mail – elman1985@hanmail.net

●

값 12,000원

잘못된 책은 바꾸어 드립니다.